蒼穹の騎兵 グリムロックス

～昨日の敵は今日も敵～

Grimlocks

of Garula cavalry over the blue heavens

エドワード・スミス
イラスト 美和野らぐ

Story by Edward Smith Illustrations by Miwano rag

二人の王禽騎兵

of Garula cavalry over the blue heavens

大演習は晴れ舞台《ぶたい》だ。

ジュストの兵士にとっては自分たちの実力を存分に発揮できる年に一度の機会。一カ月に亘《わた》って繰《く》り広《ひろ》げられるこの戦いでアンケルニアのやつらに教えてやる。ジュストはいつでもお前たちを叩《たた》き潰《つぶ》せる、と。

それは同時に、自分と、相棒と、仲間の強さを証明するための戦い。誇《ほこ》り？　矜持《きょうじ》？　少し違《ちが》う気がする。そんな肩肘《かたひじ》張った言葉は似合わない。

意地だ。自分たちは強い、自分たちは負けないと、ただそれだけを示すための。

だからその日、ラゼル・ブランは絶対に負けるわけにはいかなかった。

大演習最終日。その空で、負けるわけにはいかなかった。

●

『退け、隊長！　そいつとの一対一《サシ》はヤバい！』

結縮水銀《メルキユロツク》を震《ふる》わせて伝わる声は必死。だがラゼルの返答は決まっている。

「バカ言うな！　やっと一対一《サシ》でやれるんだ、ここで退けるわけねえだろうがッ！」

頬《ほお》を切る風の鋭《するど》さは心地《ここち》よさに変わった。脳が溺《おぼ》れそうなほどのアドレナリンに衝《つ》き動《うご》かされ、ゴーグルの奥《おく》で三白眼が獰猛《どうもう》な光を放つ。

『デュロッサも限界のはずだ！　戻《もど》れって！』

「ナメんなモリシュ！　これ以上グダグダ抜《ぬ》かしたら後でそのケツ叩《たた》き割《わ》ってやるからな！」

『お前が無事に戻れるならな！　それに、俺《おれ》のケツは生まれた時から真っ二つだ』

「四つに割ってやるってんだよ！」

副官の鼓膜《こまく》を交信器《インカムご》越しに強打して、ラゼルは相棒にそっと触れる。

「まだいけンだろ？　デュロッサ」

跨《またが》った鞍《くら》の上から首の根本を優しく撫でると、矢のように鋭い鳴き声がそれに応えた。

ラゼルを乗せた大翼鳥《ガルラ》は翼《つばさ》を翻《ひるがえ》して急上昇《きゅうじょうしょう》。漆黒《しっこく》の翼に映《は》える金色の模様が、あたかも空を疾《はし》る雷光《らいこう》の如《ごと》く煌《きら》めく。革《かわ》と鋼鉄で組み上げられた禽具《プロテクター》を纏《まと》うその姿は生物でありながら兵器じみた無骨さまで備えた、まさしく戦闘騎《せんとうき》だ。

ラゼルの相棒、ガルラのデュロッサは疲労《ひろう》をものともしないかのように力強く羽ばたいて見せた。……少しテンションが上がりすぎだ。揺《ゆ》れる。

「っとと、はしゃぐなよ。……時間はもう残ってねえ。俺もお前も、確かに限界だ」

王禽騎兵《おうきんきへい》は空の騎兵《きへい》。ラゼルと相棒デュロッサは人禽《じんきん》一体となって空を駆《か》ける。無論、この大空を我《わ》が物にしているかのような感覚に酔《よ》うためではない。

「……来る！」

肌《はだ》に刺《さ》さるほどの存在感。視界の隅《すみ》によぎる影《かげ》。デュロッサが風を巻いて旋回《せんかい》した直後、頭上から飛来したそれが突《つ》き抜《ぬ》ける。

「テメーも退く気なしかよ。上等だクソ野郎《やろう》」

翼を翻す敵騎《てっき》。艶《つや》やかな緋色《ひいろ》の体に白い斑点《はんてん》模様、美麗《びれい》な金の縁取《ふちど》りがされた禽具《プロテクター》。

跨る主人のいでたちも同様に美麗。広大な空の上にあってなお視線を引き付けるのは細やかな装飾《そうしょく》が施《ほどこ》された騎乗服《きじょうふく》。顔を覆《おお》う仮面《バイザー》にまで、防具でありながら巧《たく》みな意匠《いしょう》が凝《こ》らされている。実用一辺倒《いっぺんとう》の野戦服に頑丈《がんじょう》さが取《と》り柄《え》のゴーグルを着けたラゼルとは対極を飛んでいた。

アンケルニアの王禽騎兵《おうきんきへい》、それも間違《まちが》いなくエース級。

「ここで退けるかよ。……負けるわけには、いかねえ」

周囲に他の王禽騎兵《おうきんきへい》はいない。敵も、味方も。ラゼルが率いていた「第五七王禽騎兵隊《おうきんきへいたい》」の仲間たちは全員、緋色の王禽騎兵《おうきんきへい》が率いる「白銀乙女騎士団《シルバリオン・キャバルリー》」によって撃墜《げきつい》され、演習から脱《だつ》落《らく》した。そして敵の王禽騎兵《おうきんきへい》は全て、ラゼルたちが叩き墜《お》としてやった。

残ったのは隊長同士。最も強い、エース同士。

今年の大演習は最終日。残り時間はあと僅《わず》か。「退け」という副官の言葉もわからなくはない。ここでやり合って落とされでもしたらラゼルたちは「全滅《ぜんめつ》」だ。一人でも生き残る方が評価は高いに決まっている。

それでも、それでもだ。ラゼルはここで退くわけにいかない。

「俺の仲間をここまでやってくれやがって。テメーを墜とさずに帰れるわけねえだろ。なあ!」

吼《ほ》えると、ラゼルは右手で槍《やり》を構える。先端《せんたん》を平たく潰した槍。「刺す」でも「突《つ》く」でもなく「衝《つ》く」ために生み出された、王禽騎兵《おうきんきへい》のための槍である。

脇《わき》を締《し》めてまっすぐに構える。相手の軌道《きどう》を読んで最接近のタイミングを計り、繰《く》り出《だ》すと同時に槍の柄《え》の引き金を引いた。

空気が重たく破裂《はれつ》するような音。交錯《こうさく》の瞬間《しゅんかん》に両者の真ん中で炸裂《さくれつ》する。平たい先端から互《たが》いに放った衝撃波《しょうげきは》。それがぶつかり合って、二頭のガルラは弾《はじ》かれた。

「ンの、野郎ッ！」

王禽騎兵《おうきんきへい》の接近戦。それは衝撃槍《インパクトランス》から放たれる衝撃波によって相手を殴《なぐ》りつけ、墜落《ついらく》させることだ。最適なタイミングは互いが交錯する一瞬《いっしゅん》。熟練の騎兵《きへい》であるほど正確に、的確に衝く。

それが同時だった。つまり互いの実力が伯仲《はくちゅう》している証《あかし》に他ならない。

続けて二度、三度と打ち合うも互角《ごかく》。

「相変わらず隙《すき》がなくてムカつくぜ、テメーはッ！」

ラゼルにもわかっている。自分と相手の実力にほとんど差がないことを。

今年の大演習、ラゼルたち「五七《ゴーナナ》」と緋色の王禽騎兵《おうきんきへい》たち「白銀《シロガネ》」は同じ戦場で何度も激突《げきとつ》してきた。同じ陣地《じんち》を巡《めぐ》る攻防《こうぼう》、味方の支援《しえん》、補給路のつぶし合い……様々な形で。

正面からの直接対決はこれで三回目。過去二回は「次がある」と互いにほどほどのところで退いたが……今日は違う。

これを逃《のが》せば次の機会は一年後。否、来年も同じ戦場を飛べるかどうかはわからない。だとすれば、今しかない。今ここで、決着をつけるしかない。

「次はもっと厳しく行くぞ、デュロッサ」

ラゼルは姿勢を低くする。奴《やつ》を墜とすには突撃《とつげき》の鋭さだ。一瞬でも速く……。

「……あン？」

同じように突撃してくるものとばかり思った敵の速度が遅《おそ》い。ラゼルが気づくと同時に、緋色の羽ばたきの隙間《すきま》からチカチカと光るものが見えた。

「妖精誘導弾《フェアリーミサイル》⁉　まだ残してやがったのか！」

衝撃槍《インパクトランス》と同じく錬金術《れんきんじゅつ》の産物。炸薬《さくやく》と推進剤《ざい》から生成された錬金生命体《ホムンクルス》。羽根の生えた小さな人型がオレンジ色の光と熱を放ちながら迫《せま》る。

「ちぃっ！」

妖精《フェアリー》の飛行速度はガルラを捉《とら》える。背後から聞こえる耳障《みみざわ》りな笑い声に舌打ちし、ラゼルは一気に高度を下げて針葉樹林に突入《とつにゅう》。追尾《ついび》してきた妖精たちは密集した木々を避《よ》けきれず爆《ばく》発《はっ》した。

それでラゼルの危機が去ったわけではない。これは「下拵《したごしら》え」なのだ。あの王禽騎《おうきんき》兵《へい》の。

「テメーのやり方はわかってんだよ……」

頭上に感じる圧力。針葉樹林から再び上空へ飛び出すタイミングを計る。飛び出した瞬間、すかさず強襲《きょうしゅう》してくるはず。それが奴の必殺機動《フイニッシュマニューバ》。

初めて遭遇《そうぐう》した時、どこから攻撃《こうげき》されたのかわからなかった。撃墜されなかったのは運がよかったからとしか言えない。

二回目に戦った時、直撃《ちょくげき》を受ける寸前でなんとか見切ることができた。回避《かいひ》から強引《ごういん》に反《はん》撃《げき》して返《かえ》り討《う》ちにできると思ったが、紙一重《かみひとえ》で取《と》り逃《に》がした。

これが三回目だ。今日という今日は……。

「叩き墜としてやる。……行くぞ、デュロッサ！」

デュロッサは木々の間を飛んでいるとは思えないほど加速して空へ。遮《さえぎ》る枝をへし折り、まとわりつく葉を払《はら》い飛ばして突き抜けた先、狙《ねら》うのは西の空に傾《かたむ》きながら輝《かがや》く太陽。

「そこだぁあっっ！」

飛び出したデュロッサの真正面、太陽を背にして燃え上がる緋色の翼。

思った通りだ。必殺の一撃《いちげき》を狙う時、奴は必ず太陽を背にして相手の視界を奪《うば》う。だが、それがわかっていれば。

疾風《しっぷう》を纏って急上昇、下から抉《えぐ》り込《こ》むような角度で宿敵めがけて突進《とっしん》する。位置を読まれて動揺《どうよう》したのか、相手の動き出しが僅かに遅《おく》れた。その一瞬が空では命取りだ。

「墜《お》ちやがれぇっっ！」

犬歯を剝《む》いて吼え、まっすぐに突《つ》き出《だ》した槍。回避不可能と見るや、相手もラゼルを叩き墜《お》とすべく槍を構えて突進する。

間違いなくどちらかが墜ちる。全身全霊、覚悟と覚悟の真正面攻撃。そして両者が決定的な一撃を繰り出そうとした直前……彼《かれ》らの視界に色鮮《あざ》やかな煙《けむり》と甲高《かんだか》い音が飛《と》び込《こ》んだ。

「ッ！」

ラゼルも、緋色の王禽騎兵《おうきんきへい》も、反射的に槍と手綱《たづな》を返す。ともすれば衝突《しょうとつ》する勢いで接近していた二頭のガルラが、薄皮《うすかわ》一枚ほどの距離《きょり》ですれ違《ちが》った。

ほんの一瞬。ゴーグルと仮面《バイザー》の奥から覗《のぞ》いた視線が交わり、次の瞬間には互いに無傷のまま大きく空へ弧《こ》を描《えが》いて離《はな》れる。

「はぁっ、はぁっ、はぁっ……」

肩《かた》で息をするラゼル。いつの間にか服の中は汗《あせ》でグッショリだ。だが、ゴーグルの奥の三白眼は怒《いか》りと悔《くや》しさに燃えている。

「時間切れ……かよ」

『そういうことだ。……戻ってくれ、隊長』

淡々《たんたん》と告げる副官の声にも無念の色が滲《にじ》む。

大演習の終了《しゅうりょう》。これ以上戦い続ければ厳罰《げんばつ》だ。

「……チッ」

舌打ちしつつも文句を言わなかったのを了解《りょうかい》と解釈《かいしゃく》し、交信器《インカム》の向こうからは安堵《あんど》のため息。

振《ふ》り返《かえ》ると、緋色の王禽騎兵《おうきんきへい》もこちらを見ている。すぐに翼を翻し、飛び去っていった。

「ここまでか……クソッ」

手綱がちぎれそうなほど強く握《にぎ》る。未《ま》だ戦いの熱が冷めないデュロッサがバサバサと翼を振《ふ》ると、ラゼルは手綱を絞《しぼ》った。

「堪《こら》えろデュロッサ……堪えろ」

自分に言い聞かせる。負けはしなかった。だが、勝てなかった。

あの王禽騎兵《おうきんきへい》との決着を、つけることができなかったのだ。

「……次は、絶対に墜としてやるからな」

そう、次だ。自分とあの王禽騎兵《おうきんきへい》の、そして第五七王禽騎兵隊《おうきんきへいたい》と白銀乙女騎士団《シルバリオン・キャバルリー》の決着。

その機会はきっと来る。いつか、きっと。

●

ジュスト共和国とアンケルニア帝国《ていこく》。

この二つの国の関係を一言で表すなら、まさしく「宿敵」という言葉が相応《ふさわ》しい。

成り立ちも、制度も、国民性もまるで異なる国と国。唯一《ゆいいつ》、歴史だけは共通している。なにしろ建国以来ジュストはアンケルニアと、アンケルニアはジュストと争い続けてきた。両国の歴史を紐解《ひもと》けば、まったく同じ戦争を敵味方入《い》れ替《か》えただけの内容が綴《つづ》られている。

そんな争いは、二〇年前に一応の決着を見た。両国のあまりの仲の悪さを見かねた周辺諸国が総力を挙げて仲裁《ちゅうさい》に乗り出し、長年続いた戦争を終結させたのだ。

——昔から言うだろう、「昨日の敵は今日の友」だ——

どこかの誰《だれ》かが掲《かか》げたスローガンの下、以後二〇年間ジュストとアンケルニアの間に「戦争」は起きていない。だが先祖代々の敵対関係がそう簡単に解消されるはずもなく、ジュストとアンケルニアはことあるごとにいがみ合った。政治、学問、文化、芸術、あらゆる場面で。

そして「戦争をしなければ文句はあるまい」とばかりに始まったのが「大演習」だ。毎年、訓練の名目で両軍の精鋭《せいえい》を集め、実戦さながらの模擬《もぎ》戦で競《きそ》わせたのである。

これには周辺諸国ももはや呆《あき》れるほかない。

「マジかよ。次の戦争も時間の問題だな」

「もう好きにやらせとけ。……面倒《めんどう》みてられるか」

「いっそどっちが勝つか賭《か》けようぜ」

これらは全て国同士の会議で出た言葉である。ちゃんと議事録に残っている。

そんな状態が二〇年続いた今年、予想を裏切る変化が起きた。

その年の大演習が終わった直後。ジュストの大統領とアンケルニアの皇帝《こうてい》、国を治める首脳同士が直接対話し、両国の融和《ゆうわ》と関係改善に取り組むことを宣言したのである。

これには周辺諸国も驚《おどろ》いた。

「マジなの？　ドッキリじゃなくて？」

「やればできんじゃないか。……最初からやれよ」

「おい待て、賭けの結果はどうなるんだ？」

これらは全て国同士の会議で出た言葉である。ちゃんと議事録に残っている。

昨日の敵は今日の友。この言葉を二〇年越《ねんご》しで実現するべく様々な取り組みが企図《きと》される中、両国の国境に近い古城でもある計画が進められていた。

そして、大演習の終了から三カ月……。

●

鐘《かね》が鳴る。学《まな》び舎《や》の鐘が告げるのは始まりだ。

一日の始まり、授業の始まり、放課後の始まり。

そして今日、新たな学び舎が誕生する。その始まりを告げる鐘である。

ジュストとアンケルニアの国境付近、清らかな湖に臨《のぞ》む古城がある。かつてアンケルニアの貴族によって建設され、この数十年は訪《おとず》れる人もなく荒《あ》れ果《は》てていたその城に、新たな役目が与《あた》えられたのだ。

——グリムロック統合王禽騎兵学校《おうきんきへいがっこう》——

正門に掲げられたプレート。城の名を冠《かん》した、王禽騎兵《おうきんきへい》のための学校だ。

講堂として改修されたホールに整列したジュストの若き王禽騎兵《おうきんきへい》たち。その先頭に、ラゼル・ブランの姿があった。

「今更《いまさら》、学校に入れられることになるなんてな。……にしても、なんとかなんなかったのかよ、この制服」

真新しく、そして着慣れない制服。サイズはピッタリなはずだが、襟元《えりもと》を閉めているのがどうにも落ち着かない。堅苦《かたくる》しいのが嫌《きら》いなのだ。

少年と呼ぶには逞《たくま》しく、青年と呼ぶには粗削《あらけず》り。人一倍の闘争《とうそう》本能とそれを支えるべく鍛《きた》え上《あ》げた肉体。野性的な三白眼と相まって、兵士となるべく生まれてきたような雰囲気《ふんいき》すらある。

それが第五七王禽騎兵《おうきんきへい》隊の隊長、ラゼル・ブラン少尉《しょうい》だ。一五歳《さい》で軍に入隊して三年。式典用の軍装すら滅多《めった》に着たことのなかった彼にしてみれば、糊《のり》の利《き》いたシャツに襟《えり》の閉じあわされた上着は窮屈《きゅうくつ》で仕方ない。

ともすれば襟元を緩《ゆる》めようとするラゼルを、すぐ隣《となり》に並んだ長身の青年が制した。

「頼《たの》むから、入校式が終わるまでは我慢《がまん》してくれよ」

モリシュ・ドゥパーはラゼルより長身で、ラゼルより二つ年上の副官だ。ラゼルと対照的に温和な顔つきで、柄にもないことをさせられている彼が粗相《そそう》をやらかしはしないかと、周囲の視線を気にしている。

　そう、視線だ。講堂に整列した彼ら第五七王禽騎兵隊《おうきんきへい》には、列席した軍の高官や政府の要人たちの視線が向けられていた。

「俺たちはここの第一期生だ。ジュスト軍を代表してここに来てるってことを忘れてくれるなよ、隊長」

「わかってるって。ジュストとアンケルニアの友好と協調のために、だろ？」

　一つの「学校」に集めた両国の若き兵士たちが共同生活を送る中で両軍の交流と友好を深め、その中からジュスト軍とアンケルニア軍の架け橋《かはし》となる人材を育成する。

　それがグリムロック統合王禽騎兵《おうきんきへい》学校、通称《つうしょう》『グリムロックス』の目的だ。現に講堂の正面にはジュストとアンケルニア両国の国旗が掲げられ、列席している人々も左右でそれぞれの国に分かれていた。

　そしてラゼルたち第五七王禽騎兵隊《おうきんきへい》は、その若さと大演習における戦果を買われ、この学校の栄えある第一期生として抜擢《ばってき》されたのだ。

「ま、軍に入る前だってろくに学校なんざ行ってなかったしな。国の金で学歴ってやつがもらえるなら、アンケルニアの奴らと仲良くしてやるのもやぶさかじゃねえ」

　それに王禽騎兵《おうきんきへい》としての実力を評価されたのだから、ラゼルだって悪い気はしていない。

「……で、俺らの同級生になる奴らはまだか？」

自分たちの隣に整列しているはずの「同級生」、一緒《いっしょ》にこの学校へ入校するアンケルニア軍代表の姿が見えない。

「準備が遅れてるらしい。アンケルニア軍は貴族が中心だからな、段取りも大変なんだろ」

「ヘッ、貴族のお坊《ぼっ》ちゃん連中が同級生か。……どんな奴らか知らねえけど、俺らにビビッて出てこられねえのか？」

隊長の軽口に、隊員たちも思わず笑う。会ったこともない相手に随分《ずいぶん》な言い方だが、ジュスト軍ではこのくらい失礼の内に入らない。

だが、彼は勘違《かんちが》いしていた。

「お、来たみたいだな」

講堂の扉が開かれ、自分たちの同級生が入場してきた時。

「……ああ？」

見開かれる三白眼。ラゼルは、自分が二つの勘違いをしていたことに気づいた。

「あれは……女？　もしかして、全員がか？」

唖然《あぜん》としたモリシュの言う通り、整列して入場してきたのは女性。全員が、ラゼルたちと同じ年頃《としごろ》の少女たちだ。お坊ちゃんではなく、お嬢様である。

そしてもう一つの勘違い。彼女《かのじょ》らは、ラゼルたちにビビッてなどいない。ラゼルたち第五七王禽騎兵《おうきんきへい》隊に対する気後《きおく》れなど微塵《みじん》も感じさせず、胸を張り、堂々と入場してきた。

黒を基調としたラゼルたちの制服に対し、白を基調とした制服。だが彼らが「着せられている」それを彼女らは完璧《かんぺき》に「着こなしている」。堅苦しさも窮屈さも感じさせないほど自然に。それは明らかに彼女らの育ちの良さ、立ち居振《ふ》る舞《ま》いによるもの。

そして、なにより。

（こいつら、わざと遅れて来やがったな……）

ラゼルは直感した。この場の雰囲気、空気とも呼ぶべきものを摑《つか》むため、あえて遅れたのだ。現に定位置へ着いた彼女らにジュスト・アンケルニア両陣営《じんえい》の視線が集まっている。先ほどまで注目されていたラゼルたちが、今やただの「その他大勢」だ。

「いい度胸してやがる。アンケルニアも、それなりの奴らを用意したらしいな」

「軍の代表だからな。……あっちは隊長も女だぞ。見た目の華《はな》やかさでは完全に負けてる」

「うるせえ、モリシュ。俺らは見た目じゃねえ、ガルラ乗りとしての実力でここに来てんだ」

壇上《だんじょう》の司会者に促《うなが》され、ラゼルは列から出る。同じくアンケルニア側の隊長も進み出て、両者は壇上で向かい合った。

（……確かに見た目は悪くねえな）

一点のくすみもなく澄《す》み、しかし血の通った温かみを感じさせる肌。大きくつぶらな瞳《ひとみ》は深みのある青色で、視線ごと意識を吸《す》い込《こ》まれそうな輝き。少し高い位置で束ねた金色の髪《かみ》は活動的でありながらも上品。彼女そのものが一輪の花のようですらある。

美少女だ。子供から大人へ至る僅かな間しか持ちえない魅力《みりょく》がそこに咲《さ》いていた。

「遅れてごめんなさい。準備に手間取ったの。……貴族の悪い癖《くせ》だと思ってくれていいわ」

「構わねえよ。このくらいの待ちぼうけは貸しにもならねえ。すぐに自分たちはまだマシだってわかる。ジュストの田舎者《いなかもの》は時間にルーズなんでね」

少女の涼《すず》やかな声と共に差し出された手。入校式の段取りに握手《あくしゅ》は含《ふく》まれていなかったはずだが、ラゼルはそれを彼女の誠意だと感じた。

(お嬢様にしちゃ、悪くねえ……)

しかしその手を握ろうとした直前、三白眼が気づく。彼女の肩に張り付けられた……。

「……その部隊章」

「え……?」

見覚えがあった。アンケルニア軍の部隊章はデザインに凝っていて、ジュストの田舎者には覚えづらい。だが、その部隊だけは覚えている。

美しく清らかな羽根のモチーフ、銀色の糸で刺繍《ししゅう》されたその部隊章、忘れるはずがない。

「お前……まさか……」

顔が強張《こわば》り、指先が震える。すると彼女も、ラゼルの制服に貼り付けられた部隊章に気づいたらしい。青い瞳が僅かに揺らぎ、柔《やわ》らかな頬を引きつらせた。

「まさか、57って……」

ジュスト軍の部隊章はシンプルだ。第五七王禽騎《おうきんき》兵《へい》隊の部隊章は前線部隊の勇敢さを象徴するような爪痕のモチーフ。「57」の部隊番号を大きくあしらっていて一目でそれとわかる。

だから彼女にも、すぐわかった。

忘れるはずもない。お互《たが》いに、絶対に。

「マジかよ……」

「本気なの……？」

三カ月前に終わった今年の大演習。激しくぶつかり合い、鎬《しのぎ》を削《けず》り合った宿敵。その名を忘れることなど決してない。

隊員たちも気づき始めたらしい。静かに、だが確かに広がる両者の動揺。そして壇上で、司会者が高らかに。

「それではご列席の皆様《みなさま》にご紹介《しょうかい》いたしましょう。

ジュスト共和国軍、ラゼル・ブラン少尉が率いる第五七王禽騎《おうきんき》兵隊《へいたい》。

そしてアンケルニア帝国軍、ミスラ・フィントクルム戦騎《せんき》長《ちょう》が率いる白銀乙女騎士団《シルバリオン・キャバルリー》。

彼らがこのグリムロック統合王禽騎《おうきんき》兵《へい》学校の第一期生であります！」

「冗談《じょうだん》じゃねえぞッ！」

「冗談じゃないわよッ！」

二人は同時に叫《さけ》んだ。グリムロック統合王禽騎《おうきんき》兵《へい》学校、最悪の始まりを告げるかのように。

第五七王禽騎兵隊《おうきんきへいたい》と白銀乙女騎士団《シルバリオン・キャバルリー》。彼らこそ昨日の敵を今日の友とし、ジュストとアンケルニアに友好と協調の時代を築く……はずだった。

だが残念なことに、厄介《やっかい》なことに、面倒なことに……。

彼らにとって、昨日の敵は今日も敵だったのである。

宿敵は同級生

Grimlocks

of Garula cavalry over the blue heavens

大空を飛《と》び交《か》い、激しく打ち合う。

緋色の翼に白い模様を散らしたガルラと交錯するたび、互いの衝撃槍《インパクトランス》が吼え、爆《は》ぜる。

時間がない。これを逃せば大演習は終わり。その前に、なんとしても決着をつけなければ。

放たれる妖精誘導弾《フェアリーミサイル》。それを躱《かわ》して、太陽を背に迫る宿敵を捉える。

ここだ、今だ、この一撃で奴を……。

そして……いつも目が覚めるのだ。あの時と同じ、時間切れを知らせるように。

●

鐘楼《しょうろう》から響《ひび》き渡《わた》る鐘の音。それを追いかけるように、グリムロック城の東側にある第五七王禽騎《おうきんき》兵《へい》隊の宿舎で高らかに吹《ふ》き鳴《な》らされるラッパの音が朝を告げる。

「チッ……また夢に出てきやがった」

朝起きて最初にするのが舌打ち。ラゼルの目覚めは最悪だった。

三カ月前の大演習最終日。宿敵との勝負。つけることのできなかった決着。あれ以来、数えるのも馬鹿《ばか》らしいほど夢に出る。せめて夢なら結末くらい自分の好きにしたいのだが、それが変わることはない。

あの勝負はまだ終わっていないのだ。つけられなかった決着を今も追い続けている。

「クッソ、夢に出るなら新兵訓練《ブートキャンプ》の方がまだマシだぜ」

こんな日はデュロッサに乗って好きなように飛ぶにかぎる。だがその前に腹ごしらえをしなければ。朝食を摂《と》るため城の真ん中あたりにある食堂へやってきたラゼルだが、なにやら騒《さわ》がしい。ラゼルと同じ五七《ゴーナナ》の部隊章をつけた隊員が彼を見つけ、叫んだ。

「大変だ隊長、来てくれ！」

「……あン？」

一体なんだよ、と食堂を覗いたラゼルは、思わず「ああ？」と口を開いた。

食堂は中央で大きく二つに分けられているのだが、ラゼルたち五七の隊員が使うテーブルの椅子《いす》が全て倒《たお》れている。

「なんだこりゃ……脚《あし》が外されてんのか」

四本ある椅子の脚のうち、一本だけが外されていた。これでは当然ながら……。

「座《すわ》れねえし。どうなってんだよ！　嫌《いや》がらせか？　嫌がらせだな！」

目を三角にしたラゼル。三本脚にされた椅子を掴み、震える。隊員たちもさらに騒ぎ始めた。

「どーすんだよ、これじゃ朝飯が食えねえ」

「くそう、いっそ脚が全部なくなってりゃ座椅子みたいに座れるのに！」

「いや、そういう問題じゃねえだろ」

「そうだ！　反対の脚を外して二本にすれば、バランスとりながら座れるんじゃね？」

「どんなカンフー・トレーニングだよ。そういう問題じゃねえって」

「外してみた！　ダメだ！　倒れる！」

「違えよ。隣の脚を外してどうすんだ。反対の脚だって！」

「だからそういう問題じゃねえっつってんだよ馬鹿ども！」

五七の隊員たちはああでもないこうでもないと喧々囂々《けんけんごうごう》。すると。

「なによ、朝から騒々《そうぞう》しい」

「……ミスラ」

吊《つ》り上《あ》がったラゼルの三白眼。その眼光をものともしない白銀乙女騎士団《シルバリオン・キャバルリー》の隊長が隊員たちを連れてやってきた。冷淡《れいたん》な言葉と裏腹に、滑稽《こっけい》な動物を見ているかのように口元が薄《うす》く笑っている。その表情だけでラゼルは直感した。

「テメー、面白《おもしろ》いことしてくれてんじゃねえか」

「気に入ってもらえた？　結構大変なのよ？　これだけの椅子の脚を外すのって」

隠《かく》しもせず、堂々と言い放つ。自分のしていることに自信があるからだ。

食堂の入り口で対峙《たいじ》するラゼルとミスラ、五七《ゴーナナ》と白銀《シロガネ》。

大演習で死闘《しとう》を演じ、決着がつかないまま終わった両者が、なんの因果かこのグリムロックスで同居する破目になったのだ。共に学ぶ生徒として。

一週間前の入校式以来、五七と白銀はこのグリムロック城でギスギスした日々を送っている。口ゲンカや嫌がらせは日常茶飯事《にちじょうさはん》だ。

「外した脚はお昼までに返してあげる。今日は朝食抜きで我慢しなさい」

してやったり、と満足げに言い捨てて自分たちのテーブルにつくミスラ。だが五七を後目《しりめ》に配膳《はいぜん》を始めた直後、白銀の隊員が声を上げた。

「大変です、隊長！　……フォークがありません！」

「なんですって……？」

カウンターに駆《か》け寄《よ》ったミスラは愕然《がくぜん》とする。安っぽい食器は使えない、と自前で用意したアンケルニア製の高級食器。銀のフォークが一本もないのだ。

白銀の隊員たち、うら若き貴族の乙女たちは困惑《こんわく》する。

「そんな、フォークなしでどうやって食事をしろと？」

「ナイフとスプーンはあります！　……ちょっと難易度高めですけど」

「そういう問題じゃありませんわ。私たちのフォークはどこ!?」

「今はひとまず食事を優先しませんと。最悪、手摑《てづか》みという選択肢《せんたくし》も……」

「ありえません！　百歩譲《ゆず》ってハムやサラダならともかく、出来立てのスクランブルエッグや熱いスープをどうやって摑めというの!?」

「それはスプーンでよいのでは……？」

「ですから、そういう問題じゃありませんわ！」

アンケルニア帝国は貴族の国。その代表である自分たちが手掴みでの食事などできない。すると、ミスラの背後から甲高い音が聞こえた。

「フォークならあるぜ？　安っぽいスチール製でよければな」

嫌味《いやみ》ったらしくカウンターによりかかったラゼルが皿を叩いている。どうだ、参ったか。そう言わんばかりにニヤニヤ笑う三白眼。ミスラの青い瞳に闘志《とうし》の火が灯《とも》る。

「……面白いことしてくれるじゃないの」

「気に入ってくれたか？　心配すんなよ、売り飛ばしたりはしてねえから」

隠しもせず、堂々と言い放つ。自分のしていることに自信があるからだ。

ミスラが昨夜のうちに椅子の脚を外したのと同じく、ラゼルも白銀のスプーンを隠しておいたのだ。二人とも「明日の朝が楽しみだ」とほくそ笑《え》みながら。

三カ月前、空で対決した二人は今、食堂で睨《にら》み合《あ》う。子供じみたイタズラの応酬《おうしゅう》と共に。

「返しなさいよ、私たちのフォーク」

「そっちが椅子の脚を返すならな。それが嫌なら朝飯抜きで我慢しやがれ」

「我慢？　まさかこれで勝ったと思ってるの？　浅はかね」

言うと、ミスラはニヤリと笑ってカウンターの奥へ声をかける。

「ごめんなさい。今日の朝食なんだけど、サンドイッチにしてもらえるかしら？」

「さすがです、隊長！」

「フォークがなければパンに挟《はさ》めばいいじゃない！　素晴《すば》らしいわ！」

「……で、スープはどうすればいいのかしら？　挟むの？」

「いや、そこはスプーンでいいのでは？」

「ミスラ様、お見事です！」

喝采《かっさい》の白銀。たじろぐラゼル。

「なっ……しまったッ⁉」

卵にハムにサラダ。朝食の献立《こんだて》はパンに挟めるものばかり。サンドイッチなら手掴みで食べても問題なし。これは確かにラゼルの詰《つ》めが甘《あま》かったと言わざるをえまい。

「これで、朝食抜きはアンタたちだけね」

勝《か》ち誇《ほこ》るミスラ。だが、この程度で負けを認めるラゼル・ブランではない。

「これで勝ったと思ってんじゃねえだろうな……。おい、テメーら！」

五七の隊員たちに振り返り、叫ぶ。

「三本脚の椅子なんざ捨てちまえ！　飯はそこにあるんだ、空気椅子で食えるだろうが！」

「アホかよ、隊長！」

「椅子がなければ空気椅子……って、頭おかしいだろ！」

「ラゼルは馬鹿なんだよ！　わかってたことじゃねえか！」

ブーイングの五七。だが、隊長が隊長なら隊員も隊員である。

「とはいえ、このまま飯抜きになったんじゃ俺らが負けたことになる」

「マジかよ。床《ゆか》に座って食うんじゃダメか？」

「そういう問題じゃねえ。それじゃ、嫌がらせに屈《くっ》したことには変わりねえだろ」

「確かにな。……やるか」

「朝一の筋トレだと思えばいいんだ。やるぞ、馬鹿な隊長の命令だからな！」

と、結局は全員が空気椅子でテーブルを囲んで食事を始めた。ラゼルは得意満面。ミスラはドン引き。

「どーよ、五七の根性《こんじょう》ナメんな」

「どーよもなにも、馬鹿馬鹿《ばかばか》しいって感想しか出てこないわ。大体アンタは……」

なおも言《い》い募《つの》るミスラだが、その時。

「なにをやっているのかしら？　フィントクルム戦騎長」

「ッ⁉」

冷ややかな声がミスラを硬直《こうちょく》させる。そして。

「朝からなにやってんだ、お前らは」

「う……っ」

怒りと呆れの混ざり合った声がラゼルの呼吸を止める。

子供じみた二人の背後に、二人の大人が立っていた。

ラゼルたちは兵士。しかしこの城はあくまで「学校」であり、彼らは「生徒」だ。ならば、彼らに教える「教師」も必要だろう。

グリムロックスの場合は「教官」と呼ぶ。彼らもまた軍人だからだ。

「一昨日は白銀の宿舎の周りをレンガで囲み、昨日は消灯時間過ぎた夜中に白銀の宿舎めがけて花火を連発……。それで今日はなんだ、食堂のフォークを隠して飯の妨害《ぼうがい》？

……お前には学習能力がないのか？　ラゼル」

バインツ・ブラッドフォートは紫煙《しえん》を吐《は》き出《だ》すと、灰皿の上に大量の吸《す》い殻《がら》で作ったオブジェの完成度を上げた。

三十路《みそじ》の中佐《ちゅうさ》は自分のデスクで頬杖《ほおづえ》をつき、直立不動のラゼルを睨《にら》む。怒気《どき》よりも不貞腐《ふてくさ》れたような呆れが漂《ただよ》うが、眼光は鋭い。

「私闘《しとう》厳禁。馬鹿でもわかる言葉で言えば『ケンカするな』ってことだ。たったこれだけのことを、ここへ来てからの一週間で何回お前に説教したよ？」

「……三回くらい？」

「一週間が三日ならな！　ったく、毎日同じこと言わされる身にもなれ」

軽口を叩いてみせるラゼルに叱《しか》る気も失《う》せてきた。

彼はラゼルが軍に入って以来の上官。尊敬しているし、怖《こわ》い相手でもある。だが同時に、気のいい兄貴分のようにも思っているのだ。

バインツもそれはわかっているから、殊更《ことさら》に口の利き方までは咎《とが》めない。それに。

「私闘ってほどやり合ってないぜ、中佐。手は出してねえから」

「手を出さなきゃいいってもんじゃないんだよ。……ったく、そういうところが『戦後生まれ』だよな、お前ら」

ラゼルとミスラがやっているような嫌がらせ、あるいはイタズラの応酬。これは言ってみればこの二〇年間ジュストとアンケルニアがやってきたことの縮図だ。手を出さない、つまり戦争にならない範囲《はんい》でとにかく相手を虚仮《こけ》にするべく知恵《ちえ》をしぼってきた。他にすることないのか、と周辺国が呆れるほどに。

ジュスト側の「教官」なる肩書《かたがき》を与えられているバインツは頭が痛い。ラゼルたち第五七王《おう》禽騎《きんき》兵《へい》隊のお目付け役。馬鹿な部下が馬鹿をやらかさないように見張る、なんとも気苦労の多い役回りだ。そして、見張っていても馬鹿は馬鹿をやらかすのである。

バインツは「ああもう……」と前髪《まえがみ》をクシャクシャにした。

「上層部が『二〇歳以下で活《い》きのいいガルラ乗り』を探してるって聞いた時、なんて俺はツイてるんだと思った。五七は全員若いし、そこらのベテランよりよっぽど強い。お前らをアンケルニアの連中と仲良くさせれば、出世どころか歴史に名を残すことだってできる……とはしゃいでいた俺の今の気持ちを一言で答えろ」

「こんなはずじゃなかった」

「正解だよ馬鹿野郎。なんのために二〇歳以下が選ばれた？　戦争の遺恨《いこん》がない世代だからだ。なのにお前らときたら毎日毎日飽《あ》きもせずにケンカばかりしやがって、よくもまあそんなにやり合えるな」

「お褒《ほ》めに預かり光栄です、中佐殿《どの》」

「衛生兵呼んできてその耳を取《と》り替《か》えてもらえバーカ！」

この上官と部下はいつもこんな感じだ。この気安さがジュストらしさと言えなくもない。

「そりゃまあ、確かに大演習での因縁《いんねん》を考慮《こうりょ》しなかった俺らも悪いけどなァ……」

ジュストとアンケルニアの未来のため、有望な若者を一つの学校に集めて共同生活させる。素晴らしい計画だが、これには致命《ちめい》的な、あるいはとても残念な欠陥《けっかん》があった。参加する兵士を選ぶにあたって提示された条件である。それは主に以下の三つ。

――1．二〇年前の戦争終結以降に生まれた若者であること――

わかる。過去の戦争を直接経験していない世代に次の時代を託《たく》そうというのだ。それは象《しょう》徴《ちょう》的で、理に適《かな》っている。

——2．王禽騎《おうきんき》兵《へい》であること——

これもわかる。雄々《おお》しく、そして美しく空を舞《ま》う王禽騎《おうきんき》兵《へい》は最も勇敢《ゆうかん》で、最も華やかな、まさに軍の花形である。両国の友好と協調をアピールするには最適だろう。

——3．大演習にて一定以上の戦果を挙げていること——

これがいけなかった。とにかくマズかった。他の全てを台無しにしたと言ってもいい。

なるほど軍の代表、国の代表として参加するのだから、実力のない者を出すわけにはいかない。しかし軍とはとかくメンツを重んじるもの。「一定以上の」などと言われたら、それはつまり「できるかぎり多くの」と言われたのと同じである。少なくとも、ジュストとアンケルニアの軍上層部はそのように理解した。

その結果、選ばれたのが五七と白銀。優秀だからこそ大演習で最後の最後までぶつかり続けたライバル同士。よりにもよって、である。

これですんなりと仲良くできるなんて思う方がどうかしている。

「俺がケンカを売らなくたって向こうがつっかかってくんだから仕方ねえよ。ジュスト軍のメンツもある。黙《だま》ってるわけにはいかねえ」

「俺だってジュスト軍人だ。アンケルニアの連中に頭を下げろとまでは言わない。ただ……」

新しいタバコに火をつけて、吸い込む。煙をひとつ吐《は》いたバインツの眼光がラゼルを刺した。

今までとは温度が違う。冷たく、硬《かた》い。

「実際問題、ジュストとアンケルニアは微妙《びみょう》な時期だ。ガキのケンカで済んでるうちはいいが、万が一の事態に発展した時、それはお前らだけでなく国同士の問題になる可能性もある」

だからこその教官。どうかしていると思えるようなことをさせるのも、軍というものだ。

「白銀と仲良くしろ。これが命令だ、ラゼル・ブラン少尉」

「……了解です、中佐殿」

ラゼルも兵士だ。上官の命令を無視するわけにはいかない。……ならば何故《なぜ》、同じ説教を何度もくらうのか？

命令を無視することはないが、都合よく忘れることはあるからだ。

●

「一昨日は訓練から戻った五七が通る廊下《ろうか》にバケツを仕掛《しか》けて頭から水をぶちまけ、昨日は五七が使う予定だった浴場を水風呂《みずぶろ》にしていたわね。

……今日も水責めにするのかと思ったけれど、アイデアが切れたのかしら。どちらにせよ、程度の浅い嫌がらせと言わざるをえないわ」

デスクを立ち、メリーエ・アフランは壁《かべ》に掲げられたアンケルニア帝国旗《ていこくき》を見上げた。

「あなたにこの話をしたことがあったかしら、フィントクルム戦騎長」

常にまっすぐ伸《の》びた背すじ、細身でありながら揺らぐことのない肩。いつも完璧な姿勢は定規でも入れてるんじゃないかと口の悪い連中が噂《うわさ》する。

姿勢だけではない。栗色《くりいろ》の髪をきっちりと結《ゆ》い上《あ》げたその形は毎日まったく同じで、ウィッグではないかと口の悪い連中が噂する。

細く吊り上がった目と眉《まゆ》に古風な形の眼鏡がマッチして、よく言えば怜悧《れいり》な魅力、悪く言えば堅苦しくて気難しげな雰囲気を醸《かも》し出《だ》す。そんなだから三〇を前にして浮《う》いた話の一つもないのだと、口の悪い連中が噂する。

そんな噂も毅然《きぜん》とした態度で跳《は》ね返《かえ》す淑女軍人《コマンドレディ》、それがメリーエ・アフラン連騎長《れんきちょう》。グリムロックスにおけるアンケルニア側の教官で……ミスラたち白銀乙女騎士団《シルバリオン・キャバルリー》のお目付け役だ。

「軍に入る前、私は帝都《ていと》の幼年学校《スクール》で教師を務めた経験があります。一年足らずだけれど」

「……はあ」

なにそれ、似合いすぎじゃない？　口に出したいのを必死に堪えるミスラはデスクの前で直立不動を保ちながら、国旗を見上げる上官の背中を見つめた。

「あの頃《ころ》は小さな子供たちを相手に随分と手を焼いたものだった。……でも、まさかこんなところで子供たちに言っていたのと同じことを言う破目になると思わなかったわ」

振り返ったメリーエ。鋭い視線がミスラの背すじに冷たいものを走らせる。

「仲良くしなさい。これは命令です。……アンケルニア軍人、いいえ、アンケルニア貴族ともあろう者が子供じみた意地の張り合いをして、恥《は》ずかしいとは思わないの？」

冷たい圧力を放つメリーエ。だが彼女は、ミスラが意味もなく意地を張るような少女でないことをよく知っていた。

「あなたの心情は察するわ。他でもない、相手があの五七であれば、白銀の隊長であるあなたが容易《たやす》く馴《な》れ合《あ》うことはできないのでしょう。だから……」

「ですよね！　私も他のジュスト軍ならまあまあ仲良くできないこともないと思うんですけど、あいつら……っていうか、あいつ？　あの三白眼の馬鹿にはなにがなんでも実力の違いを見せつけたうえで土下座で謝《あやま》らせてやらなきゃ気が済まないっていうか、格の違いを思い知らせて二度と大きな口を叩けないように――」

「口を閉じなさい、フィントクルム戦騎長」

ヒートアップしたミスラに冷や水を浴びせるメリーエの言葉と視線。

「この統合王禽騎兵学校《おうきんきへい》……グリムロックスの目的はジュストとアンケルニアの友好と協調。それが我々の任務。過去の因縁に基《もと》づいた私闘など言語道断。なんのために二〇歳以下の人材から選抜《せんばつ》したのか、わからないほど愚《おろ》かではないわよね？」

「……はい」

「重ねて言います、戦騎長。建前でもいいから仲良くしなさい」

「……」

「返事は？」

「了解です、アフラン連騎長殿《れんきちょうどの》ッ！」

レンズの奥から放たれた本気の眼光にビビッたミスラは最敬礼。

（……あんなのが先生じゃ、授業を受けてた子たちは心に傷を負ったに違いないわ）

口の悪い部下によって、メリーエ女史の新たな噂が誕生した。

●

豊かな森に囲まれ、美しい湖を望むグリムロック城はかつてアンケルニアの貴族が建てたものである。バカンスや隠居《いんきょ》に使う城であったため外見重視。高級な石材を用いた優美な佇《たたず》まいを隠すことなく湖面に映していた。

長らく訪れる人もなく、統合王禽騎兵学校《グリムロックス》の校舎として整備されるまで荒れ果てていたが、往時にはきらびやかな装飾が城内を彩《いろど》っていたはず。幅《はば》の広い廊下をゲンナリした表情で歩くミスラには、興味のないことだったが。

「あー、怖かった。目だけで人が殺せるんじゃないの？　あの人」

「慣れませんよね、連騎長《れんきちょう》のお説教」

半歩《はんぽ》引《ひ》いたところで苦笑いするのはマリエンテ・ラーシュクラン兵士長。

ミスラと比べて小柄《こがら》で華奢《きゃしゃ》。可愛《かわい》く結《ゆ》った髪と小さな顔が相まって「お人形さんみたい」という言葉が似合う愛らしさ。何事にもよく気が利き、誰に対しても丁寧《ていねい》。常にミスラの傍《かたわ》らに侍《はべ》る彼女の副官である。

「建前でもいいから五七の連中と仲良くしなさい、ですって。……冗談じゃないわ」

「ミスラ様の気持ちもわかりますけど、それがわたしたちの任務ですから」

「百歩譲って他の部隊ならともかく、あいつらだけは無理」

言い切って、ミスラは拳《こぶし》を握る。

「まだついてないのよ、マリー。決着が。とてもじゃないけど馴れ合えないわ」

決着。ミスラもそこにこだわっていた。そうでなければ彼女がラゼルと張り合うことなどない。熱くなる彼をしれっと躱してしまえただろう。

「あいつを倒して、私たち白銀が五七に勝つ。それで初めてスタートラインに立てるのよ」

三カ月前のあの空を忘れられない。それはラゼルだけではなかったのである。

「個人的には共感します。でも命令は命令ですから」

「わかってるわよ……」

唇《くちびる》を尖《とが》らせるミスラもアンケルニアの軍人だ。命令には逆らえない。だがため息まじりに頷《うなず》いた彼女は廊下の向こうからやってきた人影《ひとかげ》に目元を険しくした。

「中佐、最近タバコの量が増えてねえ？　あの灰皿見たかよ」

「ストレスだろ。……誰のせいだろうなあ」

ラゼルだ。ミスラと時を同じくしてバインツの説教を受けていた彼は、長身の副官を連れていた。モリシュ・ドゥパー曹長《そうちょう》である。

「俺も中佐には同情する。ラゼルはもう少し大人になるべきなんだよ」

「大人だァ？　白銀のやつら相手に仲良しごっこすんのが大人かよ。反吐《へど》が出るぜ」

「その仲良しごっこが俺らの任務なんだから、仕方ないだろ。……今までいがみ合ってきた国同士が仲良くしようっていう、デリケートな時期なんだよ」

モリシュはラゼルより背が高く、歳《とし》も二つ上。朴訥《ぼくとつ》で温厚《おんこう》そうな顔立ちに人柄《ひとがら》がにじみ出ている。副官ではあるが、ラゼルとは上下関係を気にせず接することのできる気安い関係だ。

「デリケートなあ。そんなこと言われたって……あン？」

長身の副官を連れた彼もほどなくしてミスラに気づき……彼女と同じように目元を険しくした。三白眼なだけ、彼の方がより不機嫌《ふきげん》そうに見える。

「ミスラ様……命令、忘れないでくださいね」

「わかってるってば」

小声でそっと釘《くぎ》を刺すマリーことマリエンテ。ラゼルもモリシュになにかを囁《ささや》かれているようだ。両者はまっすぐ廊下を進み、徐々《じょじょ》に距離を詰める。そして目前まで近づいて。

「……」

「……」

無言で視線を交《か》わす。相変わらず表情は険しかったが……。

(まあ、建前ってことなら……)

ミスラはスッと右に避け、道を譲った。

「ん?」

おかしい。避けたはずなのにラゼルがまだ自分の目の前にいる。どうやらラゼルは左に避けようとしたらしい。

(ったく、噛《か》み合《あ》わないわね)

仕方ない。ならば……と改めてスッと左に避けると、またしても同じタイミングで右に避けたラゼルが目の前に。

「っ……」

スッ、スッ、スッ……。隠し切れない苛立《いらだ》ちと共にさらに右へ左へと避けるも、芸術的なシンクロで互いの進路を塞《ふさ》ぎ合う二人。そしてとうとう苛立ちが限界に達した。同時に。

「なんなのよアンタはッ!　馬鹿にしてんの!?」

「そっちこそ馬鹿にしてんのかよ!　モリシュがレディファーストしろっつーからわざわざ避けてやってんじゃねえか。とっとと通りやがれ!」

「レディファーストぉ?　似合わないことしてないでさっさと通りなさいよ!」

「俺が譲ってんだ、テメーが通れ！」

「私が譲ってるの！　アンタが通りなさい！」

「ミスラ様、冷静に！　よく考えたら言ってることおかしいってわかりますから！」

「落ち着けラゼル！　どうして道を譲《ゆず》り合《あ》ってケンカできるんだよ⁉」

隊長より理性的な副官によって物理的な衝突は回避されたが、ラゼルとミスラはバチバチと火花を散らして睨み合いながらすれ違い、歩き去る。

廊下で顔を合わせただけでこれなのだ。頭の痛い有様《ありさま》にモリシュとマリーはため息をついて……顔を見合わせると軽く会釈《えしゃく》した。お互い大変ですね、と。

「なにしてるのマリー、行くわよ！」

「モリシュ、チンタラしてんな。さっさと来い！」

この気苦労の一割でも、あの人たちに伝わればいいのに。

●

グリムロックスで実施《じっし》されるカリキュラムには様々な科目がある。ガルラに乗って飛ぶ以外にも兵士として、また将来のジュストとアンケルニアを結ぶ人材として学ぶべきことは多い、というわけだ。

この日は午前中から座学。王禽騎兵《おうきんきへい》たる者、知識もおろそかにするべからず、である。

一時間目・初級戦術論。

「……これは、どういうことだ?」

教壇《きょうだん》に立ったバインツは誰に問うでもなくつぶやいた。座学のためにしつらえられた教室。その左半分がゴッソリと空席になっているのだ。

右半分にはラゼルやモリシュたち五七の隊員たちが着席している。つまり、残り半分を埋《う》めるはずの白銀の隊員たちがいない。

三白眼の隊長は面倒臭《めんどうくさ》そうにあくびを一つ。

「アンケルニアには長い歴史の中で培《つちか》われた戦術があるので、今更ジュスト流の戦術論を学ぶ理由はないってさ。……俺らは別になにも言ってないぜ。あいつらが勝手にサボッてんだ」

白銀のことなど知ったことかと言わんばかりのラゼルに、バインツは渋《しぶ》い顔で唸《うな》った。

二時間目・王禽《おうきん》飼育学。

「……これは、どういうこと?」

教壇に立ったメリーエはため息まじりにつぶやいた。授業を受けるべき人数をちょうど収容できる大きさの教室。その右半分がゴッソリと空席になっているのだ。

左半分にはミスラやマリーたち白銀の隊員たちが着席している。つまり、残り半分を埋めるはずの五七の隊員たちがいない。

青い瞳の隊長は特に気にした様子もなく、しれっと。

「ガルラの飼育にかけてはジュストが大陸一なので、アンケルニアの飼育学は聞くだけ時間の無駄《むだ》だそうです。……私たちはなにも言ってません。彼らが勝手にサボってるんです」

五七のことなんて知ったことではないとばかりのミスラに、メリーエはこめかみを押《お》さえた。

●

「どうやら、馴れ合うつもりがまったくないようです。五七も、白銀も」

「多少の時間は必要かと思ったが……それ以前の問題か」

談話室で二人の教官が頭を抱《かか》えていた。五七と白銀、ラゼルとミスラは少しも歩み寄ろうという気配がない。

「きっかけ次第《しだい》、だと思いたいけどなァ……」

渋い顔のバインツだが、そのきっかけがない。顔を合わせればケンカをし、ケンカをするなと命令すれば顔を合わせようとしないのだから。

どうしたものか。二人の大人が行き詰《づま》っているところへもう一人の大人がやってきた。

「お困りのようですな、ご両人」

「……マクヘー教頭」

恰幅《かっぷく》のいい身体《からだ》つきに整った身なり、丁寧に撫でつけた髪、目鼻が真ん中に寄った顔立ちがいかにも人の良さそうな紳士《しんし》だ。

ゴズロム・マクヘー。この学校で「教頭」の肩書を持つ彼はジュスト軍でもアンケルニア軍でもない。第三国から派遣《はけん》された相談役である。

「いやはや、このまま五七と白銀の仲が険悪なままではグリムロックスの意義にかかわりますぞ。計画を立案したジュストの大統領、アンケルニアの第一皇子殿下《でんか》のみならず、周辺国も動向に注目しているのです。これが不首尾《ふしゅび》となれば両国の関係はおろか、近隣《きんりん》地域におけるジュストとアンケルニアの立場というものも――」

「わかってますよ。でもあいつらの相性《あいしょう》の悪さはそう簡単に改善できる類いのものじゃないでしょう、教頭」

まくし立てる紳士を遮るバインツ。ゴズロムは肩を竦《すく》める。

「まあ、若者が感情に任せた行動に走ってしまうのはやむをえますまい。我々とて、かつてはそのような時代があった。教師に反抗《はんこう》してのサボタージュなど可愛いものではありませんか」

「サボタージュというか、ボイコットだろ、あれ」

バインツの冷静なツッコミも、メリーエから無言のまま向けられる冷ややかな視線もなんのその。ゴズロムは任せなさいとばかりに胸を叩いてみせた。

「次の授業は私の担当です。私の授業であればジュストもアンケルニアもない。教室に揃《そろ》った彼らに、共に学ぶ楽しさを教えてあげようではありませんか」

見てなさい、と意気揚々《ようよう》のゴズロム。バインツとメリーエは、黙って顔を見合わせた。

●

三時間目・実用錬金術。

「それまで一部の研究者、つまり錬金術師《れんきんじゅつし》だけのものであった錬金術がより実用的かつ公共的な技術体系として世に広まり始めてから半世紀ほどになる。とはいえ、一般《いっぱん》市民の錬金術に対する認識《にんしき》は今もって未熟であり、多くの人々は御伽噺《おとぎばなし》に出てくる魔法《まほう》のようなものだと思っているね。諸君らも、小さな頃は勘違いしていたのではないかね？　んん？

端的《たんてき》に言えば、錬金術とは物質に基づいた様々な法則を見出《みいだ》し、活用する技術のことだ。それまで多くが秘匿《ひとく》されてきた錬金術の秘儀《ひぎ》が開示されたことによって研究と発展が進み、この半世紀における錬金術の進歩は目覚ましいものがある。

諸君ら王禽騎兵《おうきんきへい》に関連するもので言えば、やはり結縮水銀《メルキユロツク》と妖精誘導弾《フエアリーミサイル》だろうねえ。特定の共振帯《チヤンネル》を利用して通信を可能とする結縮水銀《メルキユロツク》は、物質の特性を操《あやつ》る錬金術によって生み出された新素材だ。そして、妖精《フェアリー》を始めとする錬金生命体《ホムンクルス》は人間が本来の方法とは違う形で新たな生命を生み出すために見出した、言わば生命の新たな可能性さ。

おおっと、『本来の方法』についての質問は受け付けんよ？　私も教育者としてここに立っているんでねえ。おうちに帰ってパパやママに訊《き》いてみたまえ。ハハハ。

……少々脱線《だつせん》したが、かつては黄金を作り出すために始まった錬金術も、今や様々な分野に革新をもたらす技術体系となった。そして軍隊では常に最先端《さいせんたん》の技術が研究・活用されており、特にアンケルニア軍の技術力はジュストだけでなく周辺国家を見渡《みわた》しても五年先を行っていると言われるほどだよ。

このグリムロック統合王禽騎兵《おうきんきへい》学校では、そういった技術の交流も進めていく予定だ。自分たちが未来へ広がる最先端の錬金術に接しているのだという自覚を、諸君らには是非《ぜひ》とも持ってもらいたいものだね」

長ったらしい講釈《こうしゃく》と共に大量の板書を終えたゴズロムが振り返る。

「……」

教壇に立つゴズロムが見渡す。広々とした教室。その左半分と右半分がゴッソリと空席になっていた。

右半分に着席しているはずのラゼルたち五七の隊員たちも、左半分に着席しているはずのミスラたち白銀の隊員たちもいない。

　とどのつまりは、誰もいない。

「どういうことですかァッ⁉」

　天を仰《あお》ぐ紳士。廊下から様子を窺《うかが》っていたバインツとメリーエは「やっぱり」と冷めた目で生徒のいない教室を覗いた。

「同じ空間にいたくない、ってことか」

「やはり、なにか手を講じなければ……」

　すると、誰もいない教室に響《ひび》く音。天を仰いでいた紳士が両手で教卓《きょうたく》を叩いたのだ。

「ふふふ……いいでしょう。ならば私が一計を案じようではありませんか。ジュストでもアンケルニアでもない、しがらみのないこの私が！」

●

「特別訓練？　五七と白銀が一緒に？」

「その通り！　いつまでもバラバラに訓練や授業を受けていたのではお互いの距離も縮まらんだろう。むしろこれは特別ではなく、本来あるべき形なのだよ！」

　それはそうだけど。モリシュは突然《とつぜん》やってきたゴズロムに明らかな難色を示した。

「マクヘー教頭。ご存知の通り、我々の関係はお世辞にもよいものとは言えません。求められる結果が得られるかどうか……」

かなり厚めのオブラートに包んだが、つまりは「ケンカになるだけだ。やめといた方がいいって、オッサン」ということだ。しかしゴズロムは却《かえ》って得意顔。

「きみらの上官殿にも同じことを言われたよ。しかし同じ空で切磋《せっさ》琢磨《たくま》し、その実力を認め合えば、不毛ないがみ合いなど自然になくなるものだ。な？」

な？ と言われてもモリシュは返答に困る。そんなに上手《うま》くいくとは到底《とうてい》思えない。それはやはり困惑した様子のマリーも同じ。

「では、アフラン連騎長《れんきちょう》はこの件を？」

「最終的には了承《りょうしょう》してくださった。特別授業は一週間後だ。……ところで」

ゴズロムは足元に視線を落とす。紳士の両足の間、床の上に真っ白い線が引かれていた。

「これは……なにかな？」

「国境線、だそうです」

疲《つか》れた顔でマリーが答えるのと、重々しい音が部屋に響くのは同時だった。届いたばかりの本棚《ほんだな》をラゼルが移動させたのだ。自分とミスラの間に。

ここは隊長室。グリムロックスの生徒であると同時に五七の隊長としての仕事を持つラゼル・ブラン少尉のための。そして……同じく白銀の隊長であるミスラ・フィントクルム戦騎長のための隊長室でもある。

戦騎長とはアンケルニア軍で用いられる階級であり、ジュスト軍の少尉に相当する。つまりラゼルとミスラは階級も役職も同じ。そんな隊長同士が二人で一つの部屋を使うなんて、いかにも友好と協調のシンボルではないか。

そのシンボルは今、真っ二つになっていたが。

「冗談じゃねえってんだ。なんで四六時中ミスラの顔なんか見てなきゃなんねえんだよ」

「勝手に見ないでくれる？　こっちは同じ部屋の空気を吸ってると思うだけで不愉快《ふゆかい》なの！」

部屋の中心にはきっちり真ん中で白い線が引かれ、隣《とな》り合《あ》った二人のデスクの間には背中合わせに置かれた二つの本棚。背板のないタイプなので中身がなければ向こうが見えてしまう。

ラゼルとミスラは競うように本を詰《つ》め込《こ》んでその「壁」を完成させた。

「こんなもんか。どうせ読みゃしねえんだ。有効活用しねえとな」

「本当なら部屋ごと壁で仕切りたいところだけど、ひとまずこれでよしとしてあげるわ」

ミスラは眉を寄せ、部屋の真ん中に引かれた線を指しながら「壁」の向こうに顔を出した。

「わかってるでしょうね？　この線からこっちはアンケルニアの領土。一歩でも踏《ふ》み入《い》ったら侵略行為《しんりゃくこうい》とみなして攻撃するわよ。二〇年ぶりの開戦だから」

「テメーこそわかってんだろうな。この線から一ミリでもこっち来たらなにするかわかんねえぞ。戦時協定が適用されると思うなよ？」

「き、きみたち……」

ゴズロムの表情は引きつり、モリシュとマリーは無言で抗議《こうぎ》の目を向ける。……ホントにやるの？　と。

一方、それぞれの隊長はデスクに戻り、やる気に満ちた顔でゴズロムを見た。

「いいぜオッサン。白銀と訓練、上等じゃねえか」

「一緒に飛べばどちらが優秀《ゆうしゅう》かはっきりするでしょう。望むところです」

三白眼は鋭く、青い瞳は力強く、だがどちらも同じ戦意に満ちた輝きを放つ。互いに一歩も引かない闘志を滾《たぎ》らせるその表情は実によく似ていたが、自分たちで作った壁により隔《へだ》てられた彼らがそれに気づくことはない。

●

別にゴズロムは、五七と白銀に勝負をさせようなどとは一言も言っていない。

一緒に、訓練をする。それだけだ。

だが彼らにとって、同じ空を飛ぶのは勝負と同義。むしろ、五七と白銀が一緒に飛んで勝負にならない方がありえないとすら思っている。

「聞いたか？　白銀の奴らとの訓練が決まったってよ！」

「遅ぇよ！　もうみんな知ってんぞ。で、どんな訓練だ？」

「知らねーけど、訓練っつーからには勝負だろ？　模擬戦とか」

「なんでもいいって。要はあいつらより俺らが強いってことを証明すりゃいいんだ」

「五七の意地に懸《か》けて、絶対負けらんねぇ」

共和制を敷《し》く市民国家であるジュストでは兵士も全て市民。特に若者ばかりの五七は連帯感も強く、家族にも似た繋《つな》がりが闘志を高めていた。

そして、対する白銀はと言えば。

「私、隊長は少々感情的になりすぎている気がいたします……。だからといってあの五七を相手に遅れを取っていい理由にはなりませんけれど」

「私たちアンケルニア貴族に脈々と受《う》け継《つ》がれる騎士の誇りと精神。かつて騎馬《きば》をもって陸を制し、今は王禽《おうきん》の翼で空を制する。相応しき者に相応しき名誉《めいよ》を」

「目にもの見せてやりましょう。必ず！」

アンケルニアでは貴族が軍の中心を担《にな》う。白銀の隊員は全てうら若き貴族の娘《むすめ》たちだ。誇りとすべき歴史と由緒《ゆいしょ》。貴族としての意識が彼女らを結びつけている。

表現方法はそれぞれ、しかし本音は一つ。

——奴らにだけは負けてなるものか——

特別訓練が決まってからの一週間、隊員たちは日に日に戦意と闘志を高めていった。

食堂を始めとした共有空間には隊長室と同じ「国境線」が引かれ、廊下で出会えば睨み合い、互いの宿舎からは「打倒《だとう》白銀！」「五七討《う》つべし！」と物騒極《ぶっそうきわ》まりないスローガンまで聞こえる始末。

「中佐、さすがにこの状況《じょうきょう》での訓練は……」

見かねたモリシュは独断を承知でバインツへの直訴《じきそ》に及《およ》んだ。

「無理があります。ラゼルとミスラ隊長だけじゃない。みんな相手を倒すつもりだ」

「お前は違うのか？」

「あんなにやる気満々なやつらを見てれば逆に冷静にもなりますって。

知ってます？　いつの間にか話が大きくなって、五七が勝ったら向こう一カ月食堂のメニューをハイカロリーのジュスト料理にすることになってる」

「……白銀が勝ったら？」

「向こう一カ月、大浴場を白銀が独占《どくせん》。……それから、廊下で会った時に必ず五七が道を譲って『ごきげんよう』と挨拶《あいさつ》させるって」

「なんだその罰《ばつ》ゲーム。ちょっと見たいな」

「ちなみにこれ、中佐にも適用するらしいですよ？」

「それを早く言えよ馬鹿野郎。教官を差し置いて勝手に決めるんじゃない」

マジかよ、と嫌な顔をする三十路の中佐に、モリシュは大きなため息。

「だからなんとかしてくださいって言ってるんです。ラゼルもミスラ隊長も完全に勝負モードだし、このままじゃ罰ゲームどころか、ケンカや小競《こぜ》り合《あ》いじゃ済まなくなる」

確かに。しかしバインツは「むー」と顔をしかめてタバコの煙を吐き出した。

「無理は承知の上だ。俺だってそうそう上手くいくと思ってない。でも……膿《うみ》は出す必要があるんだよ。できるだけ早くな」

それだけ言ってモリシュを執務室《しつむ》から追い出した。根がお人好《ひとよ》しである長身の青年は思わずため息をついてしまう。

「ったく、もう……頼《たよ》りにならないな」

仕方ない。隊長を助けて苦労を背負《せお》い込《こ》むのは副官の務め。せめて自分だけはと、モリシュは腹を括《くく》った。

●

そして、五七と白銀が初めて一緒に行う特別訓練の日。

城の南正面は湖に臨《のぞ》む中央訓練場。ガルラが飛び立つのにも十分な広さがあるそこに整列した二つの王禽《おうきん》騎兵《きへい》隊は物々しい空気を漂わせていた。

互いに殺気を放つ隊列の先頭、ゴーグルの奥から睨む三白眼と、仮面《バイザー》の下で冷ややかに見つめる青い瞳。そんな二人の間に立たねばならないゴズロムは引きつった顔に汗を浮かべて必死に声を張った。

「あ、改めて説明しよう！　今回の演習は、五七と白銀が協力して目標を制圧する。いいね？　協力だよ？　きょ・う・りょ・く！」

念を押してみるが、ラゼルもミスラも聞いていない。

「湖の対岸に制圧ポイントを設けてある。途中《とちゅう》、防衛用に障害を設置しておいたから、これを全て破壊《はかい》した後で目的地を制圧するように。……ねえ、きみたち聞いてる？」

「あ、俺は聞いてます」

ゴズロムがあまりに可哀想《かわいそう》になって、モリシュはヒラヒラと手を振った。

五七と白銀、両者の睨み合いは空間が歪《ゆが》んで見えるほど密度の高い敵意の応酬。これ以上はなにを言っても無駄と悟《さと》り、ゴズロムは後ろのバインツとメリーエに頷いた。

「総員騎乗！　離陸《りりく》準備ッ！」

バインツの号令により、待ってましたとばかりに愛騎《あいき》へ跨る騎兵《きへい》たち。仲間と交信するための交信器《インカム》を装着し、落下防止用のハーネスで自分とガルラを繋ぐ。先端を平たく潰した衝撃槍《インパクトランス》を摑んで、手綱を握れば準備完了《かんりょう》。

……だが五七の隊員の一人が自分のガルラに跨ろうとした時、ラゼルがそれを止めた。

「ロイ、ちょっと待て」

三白眼を細め、部下が装着したハーネスに手を伸ばす。見えにくい背中側に固定されていた革製《かわせい》のベルトを引き出すと……その根元がザックリと切られ、今にもちぎれそうになっていた。

「これは……自然にできる傷じゃないぞ」

装着しようとしていた本人だけでなく、何事かと駆け寄ったモリシュも目を見開く。もしこのまま飛び立っていれば、空中での激しい動きに耐《た》えきれずハーネスが壊《こわ》れていただろう。王《おう》禽騎《きんき》兵《へい》は落下、乗り手を失ったガルラがパニックを起こして他の仲間を巻《ま》き込《こ》む恐《おそ》れすらある。人間と王禽《おうきん》、両方の命にかかわる重大事だ。

なにより問題なのは人為《じんい》的な形跡《けいせき》があること。おそらくは鋭利《えいり》な刃物《はもの》を使ったのだろう。切れたのではなく、切られたのである。

「イタズラや嫌がらせじゃ済まねえぞ……こいつは」

ラゼルはベルトの切り口を指先でなぞる。怒りよりも、薄暗《うすぐら》い意図に対するおぞましさのようなものを感じていた。

「おいおい、どういうことだよ隊長。まさか――」

「騒ぐな、ロイ」

声を上げようとした部下を制し、ラゼルは周囲を確認《かくにん》する。自分たち以外気づいていないようだ。……ミスラたち白銀も含めて。

「いいか、このことは他言無用だ。モリシュ、他の奴らの禽具《プロテクター》もおかしくないか、それとなく確認しとけ。それから……」

ここからは隊長と副官だけの話。長身のモリシュに囁く。そっと、しかしはっきりと。

「後できっちり調べろ。五七の禽具《プロテクター》に触《さわ》ることができた人間を、敵味方問わずだ」

「敵味方……敵ってのは、白銀のことか？」

「当たり前のこと訊くんじゃねえよ」

それだけ言って、ラゼルはデュロッサに跨る。ここで自分たちが動揺を見せることはできない。おそらくはそれも、洒落《しゃれ》にならない悪さをしたどこかのクソ野郎の目論見《もくろみ》だ。

（どこのどいつか知らねえが、やってくれるな……テメーか？　オイ）

同じく離陸準備を終えたミスラを睨んだら、睨み返された。その視線は実にわかりやすい闘志に満ちていて、ラゼルが感じたおぞましさをどこかへ蹴《け》り飛ばす。

「……へっ、まあいい。調べりゃわかることだ」

犬歯を剝いて浮かべた笑《え》みは獰猛。雑念の入《はい》り込《こ》む余地もないほど溢《あふ》れる戦意を、バインツの号令が解き放つ。

「隊長騎より離陸、始めッ！」

「五七、出るぞ！」

「白銀乙女騎士団《シルバリオン・キャバルリー》、離陸開始！」

先頭で駆《か》け出《だ》すのは漆黒の翼に金色の模様、「雷光《デュロッサ》」の名に相応しいラゼルのガルラ。

ほぼ同時にミスラのガルラも駆け出している。緋色の翼に真っ白な斑点。「粉雪《リーチェ》」と名付けられた美しくも逞しい王禽《おうきん》だ。

黒も緋色も、ガルラの体色としては珍《めずら》しい。それが必ずしもガルラの能力に結びつくわけではなかったが、茶色や灰色といったオーソドックスなガルラの群れの中にあって、先頭で飛び出す黒と緋色の二頭はいかにも目立つ。

二頭のガルラは一心同体の主人をその背に乗せて疾走《しっそう》し、大きく翼を広げて空へ舞《ま》い上《あ》がった。空中で力強く羽ばたくと、そのまま速度を上げて一気に上昇《じょうしょう》していく。

これが大翼鳥《ガルラ》の飛び方。どんな鳥よりも速く、どんな鳥よりも高く、どんな鳥よりも鋭く。禽《とり》の王と呼ばれるに相応しい。

『全騎《ぜんき》離陸。交信器《インカム》の接続、問題なし。……共振帯《チャンネル》を向こうに合わせなくてよかったのか？』

隊長の副官であるモリシュはやんわりと訊《たず》ねる。

結縮水銀《メルキユロック》の共振を利用した交信器《インカム》は王禽騎《おうきんき》兵《へい》同士の交信を可能とし、空中での編隊飛行や連《れん》携《けい》を発展させた。交信するには互いの共振帯《チャンネル》を合わせることが必要だが、ラゼルは白銀と交信するために設定された訓練用の共振帯《チャンネル》を無視していた。

「忘れてたってことにしとけ。五七、全騎展開！」

中央訓練場から飛び立った合計二〇騎の王禽騎《おうきんき》兵《へい》は一〇騎ずつが左右に分かれると、素早《すばや》く隊列を組んだ。

五七がラゼルを先頭にスマートな縦型の隊列を組んだのに対し、白銀はミスラを中心に横へ広がって、速度も遅い。

ラゼルは白銀の位置を確かめつつ、対岸の制圧ポイントを睨む。小さな旗の立ったそこまでガルラで飛び、無事着陸すれば制圧である。

すると、湖を囲む森の中からけたたましい鳴き声と共に鳥たちが飛び立つ。大地を揺るがしながら起き上がったのは、大量の樹木が集まった一〇メートルほどの巨体《きょたい》だ。

「樹巨人《エント》……障害ってのはあいつらのことか！」

妖精《フェアリー》と同じく錬金術によって生み出される錬金生命体《ホムンクルス》の一種だ。人間の形をした樹木が動いているように見えるそれは、実際には核《かく》となる錬金生命体《ホムンクルス》が周囲の樹木を引き寄せて人型の体を形成している。次々に森の中から起き上がり、湖に向かって歩き始めた。

「大演習の時は補給線に野良《のら》エントが湧《わ》いて手を焼かされたっけな……」

『ああ、いたな。……でもラゼル、こいつらは野良じゃない。きっちり武装してるぞ』

ザブザブと湖に入って腰《こし》まで浸《つ》かったエントたちの腕《うで》や肩から突き出される砲身《ほうしん》。体を形成する樹木の中に小型の対空砲《たいくうほう》が含まれていたのだ。頭上を飛び回る王禽騎兵《おうきんきへい》たちに狙いを定め、十数体のエントたちは一斉《いっせい》に砲撃《ほうげき》を開始した。

浴びせられる十字砲火《じゅうじほうか》。訓練用の模擬弾とはいえ、並みの王禽騎兵《おうきんきへい》では損害を免《まぬが》れない。

……並みの王禽騎兵《おうきんきへい》ならば、だが。

「そんなもん、俺とデュロッサが当たるかよ、バーカ！」

四方八方から降り注ぐ弾丸《だんがん》の嵐《あらし》を潜《くぐ》り抜《ぬ》ける。手綱からラゼルが伝えるイメージをデュロッサが忠実に描き、砲火《ほうか》の隙間を縫《ぬ》って飛ぶ姿は鋭く、雄々しく、華麗《かれい》ですらあった。

隊長に続く隊員たちも皆《みな》、巧みに砲撃を躱す。若く、粗削りだが、五七は間違いなくジュスト軍でトップクラスの王禽騎《おうきんき》兵《へい》隊なのだ。

「足りねえな。全然足りねえ。俺らを墜とすならせめてこの三倍は持ってこい！」

吼えると、ラゼルはエントの背後へ回り込んだ。

エントたちも向きを変えて追ったが、遅い。この瞬間、それらはラゼルにとって「敵」から「獲物《えもの》」に変わる。

「つらぁっ！」

鋭いターンから一直線の突撃。交錯する瞬間に引き金を引くと、平たい先端から鈍《にぶ》い炸裂音と共に放たれた衝撃波がエントの核を粉砕《ふんさい》する。核を失ったエントの体は元の樹木に戻り、湖へ崩《くず》れ落《お》ちた。

核の在処《ありか》を見極《みきわ》めて衝き砕《くだ》く……言葉にすれば単純だが、それを瞬時《しゅんじ》に行える王禽騎《おうきんき》兵《へい》は稀有《けう》であると言わねばならない。

その稀有な技量の持ち主がラゼル・ブラン。そして彼の率いる第五七王禽騎《おうきんき》兵《へい》隊の隊員たちも、隊長に劣《おと》らない精鋭揃《ぞろ》いだ。

五七の王禽騎《おうきんき》兵《へい》たちは鮮やかに上空へ舞い上がり、再び編隊を組む。ラゼルは見極めを終えていた。この程度で五七は阻《はば》めない。……これなら先に突《つ》っ込《こ》んだ方が勝つ。

「いいかテメーら！　白銀の奴らにどっちが上か思い知らせてやる！　全騎、突《とつ》げ――」

『後方、ミサイル接近ッ！』

誰かが叫んだ。振り返ったラゼルは思わず目を見開く。

「ンな……ッ⁉」

自分たちの後ろには白銀の連中しかいない。わざと速度を落とし、挨拶代わりに背後から仕掛けてくるだろうことは予想していた。

だが、その「挨拶代わり」が空を埋《う》め尽《つ》くすほどのミサイルだと誰に予想できようか。横に広がった白銀の隊列から一斉に放たれた数十発の妖精誘導弾《フェアリーミサイル》が、輝く弧を空に描きながら向かってくる。……このタイミングでは回避も間に合わない。

「ちぃっ……全騎、ウィルオウィスプッ！」

命令しながら、ラゼルは鞍に設置されたグリップを引いた。グリップは鞍からデュロッサの脚を守る禽具《プロテクター》へ連動し、ホタルのような光の粒《つぶ》を撒《ま》き散《ち》らす。一〇騎の王禽騎兵《おうきんきへい》によって放たれた光の粒が空を覆い、そこへ突っ込んだ妖精《フェアリー》たちは勝手に爆発してしまった。

拡散鬼火《ウィルオウィスプ》。ジュストで開発された妨害用の錬金生命体《ホムンクルス》だ。空に撒《ま》かれた極小の錬金生命体《ホムンクルス》がミサイルと化した妖精《フェアリー》を感知して取りつき、誘爆《ゆうばく》させるのである。

五七に向けて放たれた数十発の妖精誘導弾《フェアリーミサイル》は光の粒によって、あるいは同じ妖精《フェアリー》の誘爆に巻き込まれて一つ残らず爆発。衝撃で波打つ湖面に映るのは盛大《せいだい》に咲く炎《ほのお》の花畑。

風《ふ》に吹き散《ち》らされる煙は燃え残ったウィルオウィスプを巻き込んでキラキラ輝く。空を薄く覆う光のカーテンを切《き》り裂《さ》き、帝国式の禽具《プロテクター》を纏ったガルラたちが流れるような軌道で突っ込んできた。その先頭は言うまでもなく緋色のガルラだ。

「各騎《かっき》、散開！　障害を突破《とっぱ》して制圧ポイントを獲《と》るわよ！」

「散開しろ！　誰でもいい、制圧ポイントを獲れ！　邪魔《じゃま》する奴には容赦《ようしゃ》するな！」

隊長の命令で湖の上空に散っていく五七と白銀。そこかしこで空中戦が始まった。

一対一、あるいは複数対複数が入り乱れる乱戦。彼らを阻もうとしたエントはもののついでのように蹴散《けち》らされ、既《すで》に彼らはお互いしか見ていない。

「なにをやってんだ……もう」

モリシュは頭を抱えた。とても収拾《しゅうしゅう》がつかない。よしんばどちらかが制圧ポイントを押さえて演習を成功させたとしても、間違いなく五七と白銀の溝《みぞ》は深まるだろう。

「ラゼル！　この演習の目的は協力だぞ、きょ・う・りょ・く！」

交信器《インカム》に向かって叫ぶが、返事もない。お人好しな副官もさすがに天を仰いで「クソッ！」と吐《は》き捨《す》てた。……その、すぐ近くでは。

「隊長、聞いてますか？　隊長？　ああもう、ミスラ様ッ！　いいかげんにしてください！」

同じようにガルラをホバリングさせながら交信器《インカム》に怒鳴《どな》っている少女が一人。仮面《バイザー》の上からでも怒り心頭なのが見てとれるが、怒《おこ》る姿もどこか愛らしい。

ポカンと自分を見ているモリシュに気づくと、小柄な彼女もやっぱりポカンと彼を見て、お互いに会釈した。

「もしかして、白銀の隊長さんの副官の……ラーシュクラン兵士長？」

「そう仰《おつしや》るあなたは五七の……ドゥパー曹長ですか？」

お互いにゴーグルと仮面《バイザー》を取って「やっぱり」と顔を見合わせた。ことあるごとにいがみ合うラゼルとミスラ。その傍《そば》には大抵《たいてい》モリシュとマリーがいた。だからなんとなくわかるのだ、自分と似た匂《にお》いのようなものが。

「すみません、うちの連中がムキになって……」

「いいえ。こちら側から仕掛けてしまって、申し訳ないです」

お人好しで常識人。そして……苦労人。同じ悩《なや》みを抱える二人はどちらからともなく強い視線を相手に向けていた。半ば確信めいた、期待の視線。

「あの……提案があるんですけど」

「私もです。聞いていただけますか？」

この人なら、もしかしたら。

城のテラスから湖上の「訓練」を見守る三人の大人。バインツとメリーエは苦り切った顔で部下たちの空中戦を見ていた。

「やっぱりこうなるよな……」

「どちらも訓練用の共振帯《チャンネル》を使用していないようです。……まったく」

頭痛を堪えるようにこめかみを押さえたメリーエ。だが想定の範囲内でもある。バインツは先ほどから黙って状況を見守るゴズロムに言った。

「ご覧の通りだ、マクヘー教頭。あいつらは、あなたが言うほど簡単に馴れ合おうとはしない。半端《はんぱ》なやり方じゃあ却って……ん？」

ゴズロムは幅の広い肩を震わせていた。まさか泣いてるわけじゃないよな、とバインツがその表情を窺おうとすると……。

「ふふ、ふふふふ……」

紳士は低い笑い声を漏《も》らしながら力強く顔を上げた。眉を吊り上げ、目を細め……。不敵。まさしくそんな表情で。

「まだですよ、中佐。ここまでの展開は予想通り。だがここからが本番だ！」

怪訝《けげん》そうに眉を寄せるバインツの前で懐《ふところ》から取り出したスイッチを押す。

すると湖面全体が静かに震動《しんどう》を始めた。小さな波を立てて広がる波紋《はもん》。その中心は……。

「中佐……あれを！」

メリーエが指した先。五七と白銀が空中戦を繰り広げるその真下。湖面に白い泡《あわ》が立ち始めると、たちまち広がったその中から巨大《きょだい》な影が姿を現した。

それは五本の腕……否、首だ。鱗《うろこ》に覆われた蛇《へび》の頭が五本、一つの胴体《どうたい》から全方向をグルリとカバーするように生えている。

巨大な蛇たちは頭上を飛び回るガルラの群れを見つけるや否《いな》やその赤い目を光らせ、大きく開いた口から砲弾《ほうだん》を発射した。口の中に大型の対空砲が仕込《しこ》まれているらしい。

その大きさはエントの二倍以上。どう見ても自然の生き物ではない。で、あるならば。

「ふふふ、これぞアンケルニア帝国軍が密《ひそ》かに開発したものの運用に難ありとして量産中止となった試作兵器『ハイドラ』だ！　これを一週間で用意するのは苦労したよ！」

得意満面のゴズロム。バインツが隣に目を向けると、メリーエは先ほどよりも苦い顔で頭を抱えていた。

「……連騎長《れんきちょう》、ご存知で？」

「我が軍の失敗兵器です。解体されたとばかり思っていましたが」

大型試作錬金兵器ハイドラ。バインツが見たところ、拠点《きょてん》防衛用の対空兵器のようだ。五つの頭から立て続けに放たれる砲弾に五七も白銀も右往左往している。

「中佐、訓練を中止するべきでは」

「いや……続けよう」

バインツの目は、ハイドラに追い散らされる仲間たちから少し離れたところを飛ぶ二騎《にき》のガルラに向いていた。

（この訓練、どうやっても互いの溝を深めるだけかと思ったが……）

もしかすると、決めつけるのは早計かもしれない。

「どうだね！　これならさすがに協力せざるをえまい！　さあ、仲良く戦いたまえ！」

おかしなテンションで叫ぶこの男の目論見通り……とは思いたくないが。

●

全方向へ砲弾を吐き散らす蛇の首。空に咲《さ》き乱《みだ》れる爆炎《ばくえん》の花は王禽騎兵《おうきんきへい》たちを次々に湖面へ墜とす。そんな硝煙《しょうえん》の香《かお》り溢れる花園《はなぞの》を二騎のガルラが巧みに飛び回っていた。

「なんだあのデカブツは!?　帝国の錬金術が進んでるからって、限度ってもんを考えろ！」

「私に言わないでよ！　こっちだって狙われてるの、見てわかるでしょ？」

飛び回りながら言い争うラゼルとミスラ。交信器《インカム》など必要ないほどの大声で怒鳴り合う。

「大体な、後ろからミサイル全弾ぶっ放《ぱ》とかなに考えてんだテメーは！　ケンカ売るにしても雑すぎんだろ！」

「ケンカ？　とんだ言いがかりね。あれはエントの群れを一気に叩こうと思ったら射線上にアンタたちがいたってだけよ？」

「正直に言えよ、な？　怒らねえから正直に言ってみろ、オイ」

「……まとめて叩き墜としてやろうと思ったのよ！　文句あるッ!?」

「ンの野郎、なに開き直って……っとぉ！」

二人が同時に手綱を返し、デュロッサとリーチェが離れる。その直後、飛来した砲弾が炎を散らして爆発した。

「邪魔すんな、このッ！」

自分たちに向けて砲弾を吐いた蛇の頭に突撃するラゼル。迎《むか》え撃《う》つべく吐き出された砲弾を躱し、側面に回り込んで槍を繰り出した。

「っらぁ！」

平たい先端部から放たれる衝撃波。ほんの一瞬、空気の揺らぎでしか視認《しにん》できないそれは、まともに当てれば一撃でガルラを墜とせる威力《いりょく》がある。大人を丸呑《まるの》みにできそうな大きさの頭が巨大な岩でもぶつけられたかのように弾かれ、グラリと揺れた。

「ヘッ、図体《ずうたい》ばっかりデカくったって……あん？」

グラリと揺れた頭が、すぐさま起き上がる。砲弾を放つまでもないとばかりに迫る巨大な口を咄嗟《とっさ》に躱し、デュロッサは急上昇した。

「どういうことだ……ちゃんと手応えはあったぞ」

首を傾《かし》げる。錬金兵器の本場であるアンケルニアの少女は笑った。

「見た目に騙《だま》されてんじゃないわよ、バーカ」

「ンだとぉ？」

「知らないなら教えてあげる。多頭型の錬金生命体《ホムンクルス》は制御《せいぎょ》系を一ヶ所にまとめている場合が多いの。自律行動させるにも直接制御するにも都合がいいから」

「小難しい帝国語を並べてんじゃねえよ。ジュストの一般市民にもわかる言葉で喋《しゃべ》れ！」

「……言語は同じでしょうが」

呆れたようにため息をついて、ミスラは槍でピッと指した。その先にあるのは水面に顔を出した胴体の中心。五本の首が囲んだ根本。明らかに怪《あや》しく明滅《めいめつ》している部位がある。

「蛇の頭に脳は入ってないの。あの根本の部分から五つの頭を制御してるんだと思うわ」

「なんだよ、だったら簡単じゃねえか」

今度は首の根本めがけて突撃しようとするラゼル。しかし五本の首に囲まれた根本を狙うにはハイドラの頭上から突っ込むしかなく、ハイドラの頭上とはつまり全ての頭の射線が重なる砲弾地獄《じごく》だ。

「うおおっ、無理無理無理。こいつはさすがに無理すぎる！」

当然のように十字砲火を受け、慌《あわ》ててデュロッサの翼を翻した。ミスラは呆れてものも言えない……と思いきや。

「重ね重ね馬鹿なの？　どうしてまともに突っ込んでイケると思うわけ？　ハア、こんなのと毎日張り合ってるのかと思うと腹が立つより情けなくなってくるわ」

「ちょっと試《ため》してみただけだろ！　それで上手くいけば儲《もう》けもんじゃねえか」

ラゼルは罵声《ばせい》を浴びせてくる宿敵よりも眼下で旺盛《おうせい》に砲弾を吐きまくるハイドラを睨んでいた。その声は弾《はず》み、ゴーグル越しでもわかるほど三白眼が輝いて見える。

（こいつ……）

ミスラは即座《そくざ》に理解した。この馬鹿は目の前の状況を楽しんでいるのだと。

既に五七も白銀も半数が撃墜され、交信器《インカム》から悔しそうな部下たちの声が聞こえる。自国の兵器ながらハイドラはすこぶる厄介だ。制御中枢《ちゅうすう》を潰せないとなれば、頭に打撃《だげき》を加え続けて無力化するしかない。勿論《もちろん》、言うほど簡単ではない。

これが実戦なら大人しく撤退《てったい》することを考えるほどの劣勢《れっせい》。

そんな状況が楽しい？　楽しいですって？

（……まったくもってその通りだわ）

王禽騎兵《おうきんきへい》として心が躍《おど》る。こんな馬鹿に共感するのは不愉快だけど。

「おい！　ミスラ」

ラゼルは怒鳴りながら指先でチョイチョイと耳元を指す。意図を察したミスラは装着している交信器《インカム》を調節して共振帯《チャンネル》を合わせた。

『よし、これで声張らなくても聞こえるな。……ちょっと手伝え』

「御免《ごめん》だわ……と言いたいところだけど。このままじゃ埒《らち》が明かないし、いいわよ。頭は五つだから、どっちが多く潰せるか競争で――」

『ちげーよ馬鹿。そんな面倒くせえことしてられるか』

ラゼルの声で言われるとなお癇《かん》に障《さわ》る「馬鹿」に、ミスラは自分の発言を棚《たな》に上げて仮面《バイザー》の下でムッとする。ラゼルはミスラの跨る鞍の後部を顎《あご》で指した。

『そいつ、もう再充填《じゅうてん》できてんだろ。合図したら俺に向かって全弾撃《う》て』

「はぁ？　アンタに撃ってどうすんのよ……」

『いいからやれ。上手く刷《す》り込《こ》めよ？』

言って、ラゼルとデュロッサはハイドラに向かっていく。残されたミスラは啞然としてそれを見送ったが、気を取り直すと手綱に組《く》み込《こ》まれた引き金に指をかけた。

ラゼルが言った「そいつ」……妖精誘導弾《フェアリーミサイル》の引き金だ。

「なに考えてんのか知らないけど……いいわ、乗ってやろうじゃないの」

アンタだったらどんな標的より上手く撃ってやるわ。

妖精誘導弾《フェアリーミサイル》はガルラを捉えることのできる数少ない兵器。その威力はよく知っている。

「あいつ、自分だけ冷静ですみたいに言いやがって……」

どうにも鼻につく態度だ。ムカつく。そんなラゼルの感情を汲《く》んだつもりか、デュロッサはワサワサと頭を揺らしてミスラとリーチェの方を気にした。未《いま》だに「敵」と認識する彼女らを警戒《けいかい》しているらしい。ラゼルは満足げに笑って、今にも翼を翻しそうな相棒を宥《なだ》めた。

「よしよし……今のあいつは敵じゃねえ。今だけはな」

デュロッサに言い聞かせ、自分に言い聞かせていた。本心を言えば、隙さえあれば叩き墜としてやりたい気持ちだ。それはたぶん、お互いに。

「今日のところは上手く使ってやるよ。……行くぞ!」

ミスラの驚く顔を想像しながらハイドラめがけてデュロッサを急降下させる。仲間の数が減っている分、接近してくるラゼルへの砲撃は厳しい。

手綱、鐙《あぶみ》、鞍、触《ふ》れている全ての部分でデュロッサに伝える自分のイメージ。漆黒の王禽《おうきん》はそれを正確になぞり、翼に走る金色の模様が空に鮮やかな軌跡《きせき》を描く。砲弾と爆発の嵐を潜り抜けてハイドラの頭上へ接近したラゼルは交信器《インカム》に向けて叫んだ。

「今だ、撃《う》――」

『目標！　前方、カラスみたいで目障《めざわ》りな黒いガルラ！　全弾直進、叩き墜としなさいッ！』

叫んだ「撃て」の「て」にかぶせて、上空に待機していたリーチェがチカチカと光を放つ。六つの光と共に放たれたのは爆薬《ばくやく》と推進剤から生成された錬金生命体《ホムンクルス》。それらは発射時に刷り込まれた標的に向かって超《ちょう》高速で飛行する。

この「刷り込み」にもコツがあり、正確に、かつ端的に、そして強く刷り込むのが妖精誘導弾《フェアリーミサイル》の上手い撃ち方だ。そういう意味でミスラの狙いは実に正確で、端的で、なにより強い。

「他に言い方ねえのかよッ！」

抗議の声を上げている間にも六発の妖精《フェアリー》たちはデュロッサめがけて突撃してくる。悔しいが狙い通りに飛んでくるミサイルに、ラゼルは素早く鞍のグリップを引いた。

「ったく……そーら、突っ込んで来やがれッ！」

放たれる今日二発目の拡散鬼火《ウィルオウィスプ》。デュロッサに向かってきた妖精《フェアリー》たちは瞬く間《またたくま》に拡《ひろ》がる光の粒に突っ込み、次々に爆発した。

炎と煙が広がったのはハイドラの頭上。漆黒のガルラが煙の上へ姿を隠すと、五つの頭は目標を見失って砲撃を止める。

「っしゃあ！」

まさに狙い通り。犬歯を剝いて獰猛な笑みを浮かべ、ラゼルはデュロッサの頭を下へ向けた。

真下に広がる煙の中心へ。

『ちょっ……まさか⁉』

ミスラの驚きも心地よく、デュロッサは体ごと真下に向かって急降下した。否、それは垂直落下と呼ぶ方が正しい。真っ逆さまに落ちていく雷光、巨大な蛇《へび》の目隠《めかく》しになった煙を突き抜けるとそこは既にハイドラの懐。弱点である首の根本は目の前だ。

「せぇ……のっ！」

激突する寸前で手綱を返し、翼を広げたデュロッサは急ブレーキ。両脚《りょうあし》の鋭い爪《つめ》が触れるか触れないかというところで止まれば、あとは簡単だ。

「テメーは……沈《しず》んどけッッ！」

首の根本に衝撃槍《インパクトランス》の先端を叩《たた》き込《こ》み、引き金を引く。

ズドン。重く鈍い音と共に大蛇の目から光が消える。そのまま五本の首はグッタリと折れ、盛大な水柱を上げながら湖へ沈んでいった。

「オイ、見たかよオイ！　どーよ、楽勝だろうが！」

しぶきに濡《ぬ》れながら叫ぶラゼル。彼の狙い通り、ミスラは驚きの余り声も出なかった。

（なんなの、あれ……）

驚きを通《とお》り越《こ》して戦慄《せんりつ》すらしている。ラゼルがやったのは王禽騎《おうきんき》兵《へい》として規格外の機動《マニューバ》だ。

大翼鳥《ガルーラ》は生き物である。だから自分の命を危険に晒《さら》すような飛び方はしないし、させるのも容易ではない。そして鳥類の中でもずば抜《ぬ》けて高い知能を持つガルラは主人を大事にし、自分と同じように守る。自分だけでなく主人の命が危険に晒されるようなこともしないのだ。で、あるならば……たった今ラゼルとデュロッサが見せた動きは常軌《じょうき》を逸《いっ》している。

煙で先が見えない中へ垂直落下で突入。そこに巨大な錬金兵器が鎮座《ちんざ》していることくらい、デュロッサにはわかっていたはず。

「ありえない。あんな飛び方は……」

それをさせたもの。ラゼルとデュロッサを結ぶ絶対の信頼《しんらい》。そしてこの主従が持つ呆れるほど強い闘争本能だ。苦境や強敵を前にして滾る闘志が、命を守るための本能すら捻《ね》じ伏《ふ》せる。

「私とあなたに、あれができるかしら……リーチェ」

険しい表情でラゼルとデュロッサを見つめながら思わずつぶやき……我に返ったミスラはそれを頭から振《ふ》り払《はら》う。

謝るようにリーチェの背を撫でると、緋色のガルラは身体を揺すった。戦闘の緊張《きんちょう》感を保っているのに、場違《ばちが》いなほど優しく撫でられて戸惑《とまど》っているようだ。

「あれを真似《まね》する必要なんてない。……そんなことしなくても、私たちは負けないわ」

ラゼルとデュロッサがどれほどの付き合いか知らないが、ミスラはリーチェが卵の中にいた頃からのパートナーだ。遅れを取るつもりは毛頭ない。

上機嫌《じょうきげん》で手を叩き、ゴズロムは笑っていた。

「どうかね中佐、見たかね連騎長《れんきちょう》。あんなにいがみ合っていた二人が見事に協力したじゃないか。やはり私の狙い通りだ。これをきっかけに、彼らもお互いを見直すだろう」

「……それはどうかなァ」

バインツは冷淡だ。協力？　ラゼルがミスラを利用しただけだろ。

「ミスラはブラン少尉を見直すかもしれませんね。……今まで以上に警戒すべき強敵として」

さすが、メリーエはよく見ている。古風な眼鏡の奥に垣間見《かいまみ》えた鋭い眼光がラゼルだけでなく自分にも向けられているような気がして、バインツは口元に小さな笑みを浮かべた。

そんな二人を見比べ、ゴズロムは口をへの字に曲げる。

「この成果を素直《すなお》に喜びたまえよ。彼らは若い。かつての宿敵が健全な競争相手となることは十分に可能だと思うがね。自分で言うのもなんだが、人を見る目は確かなつもりだよ？」

「なら、あれを見てもう一度同じことを言ってみればどうです？」

「……へ？」

間の抜けた顔をしたゴズロム。同時に、湖の上でなにかが炸裂する音がした。衝撃波と衝撃波が真正面からぶつかる音だ。

ハイドラが湖に消えるのを合図に、漆黒のガルラと緋色のガルラが再び激突している。

「ノォォォォォォォォッッッッ！　何故だッ！　今の流れでどうしてまだ戦うッ！　ここは『なかなかやるな』『あなたもね』みたいに互いの実力を認め合って友情の握手を交わすところだよきみたちぃぃぃッッッ！」

頭を抱えた紳士の叫びも、彼らには届いていない。

●

互いの実力なんて、とうの昔に認めている。認めているからこそ、絶対に負けられない。

「ミサイルはもう使いきったろ！　こっちはまだ残してんだぜ！」

『ジュストのミサイルなんて大きいだけで動きは鈍《にぶ》いし、発射管だって使い捨てでしょ？　全然怖くないわ！』

漆黒と緋色、大空に鋭く舞う二頭のガルラ。空中で交錯するたび、ラゼルとミスラは互いに槍を繰り出し合う。紙一重で躱し、あるいは槍と槍をぶつけ合い、互いに譲らぬ攻め《せ》と攻め。

主人の気迫《きはく》が伝播《でんぱ》したデュロッサとリーチェも奮い立つ。相手の側面、下方、あわよくば背後から襲《おそ》いかかろうと、人禽一体となって蒼穹《そうきゅう》に描く闘志の軌跡。

撃墜された隊員たちも、まだ生き残っている隊員たちも、隊長同士の一騎打《いっきう》ちに見入る。

「誰かに見られながら一対一《サシ》の勝負ってのも、悪くないな！」

『それは同感。アンタが負けるところを一人でも多く見てもらいたいわ』

「ほざけ！　これでも隊長だ。隊員の前で無様に負けられるか！」

『それはこっちも同じよ！　考えればわかるでしょ！　ああ、忘れてたわ。アンタって馬鹿なのよね！』

一六人の視線を集めながら何度目かの交錯。だが槍と槍がぶつかりあう直前……。

『そこまでだ、ラゼル』

『もう終わりです、ミスラ様』

唐突《とうとつ》に交信器《インカム》から聞こえた副官の声。ラゼルとミスラは槍を交わしたまま「え？」と辺りを見回した。

よく見ると、周囲に飛んでいる仲間と撃墜されて着水している仲間、五七と白銀併《あわ》せて一六人しかいない。本当なら、自分たち二人を除いて一八人のはずなのに。

慌てて巡らせた視線の先、彼らは湖の対岸近くでガルラをホバリングさせている。

「モリシュ、いつの間にそんなとこに……」

『ラゼルとフィントクルム戦騎長が上空を飛び回ってあのデカブツの気を引いてくれてたからな。こっちは水面スレスレを抜けてここまで来られたよ』

『マリー……あなた、なにしてるの？』

『お忘れですか？　この訓練の目的は、ここを制圧することです』

言って、マリーとモリシュは頷き合う。

ガルラを対岸の制圧ポイントに着陸させると、まったく同時に降り立った二人はグリムロック城に向かって敬礼した。頭に手を翳《かざ》すジュスト式敬礼と胸の前に腕を構えるアンケルニア式敬礼、それぞれの形で。

『制圧、完了！』

『訓練の目的を達成いたしました』

しれっと言った二人の副官。啞然とする二人の隊長と、呆然《ぼうぜん》とする一六人の隊員たち。そしてグリムロック城から双眼鏡《そうがんきょう》でその様子を見ていたメリーエの声が淡々と交信器《インカム》に流れた。

『目標の制圧を確認。状況から、五七と白銀が同時に制圧したものとみなします』

『以上で訓練を終了する。各騎、帰投せよ』

バインツの声もやはり淡々としたものであったが、それだけでは終わらなかった。

『訓練の結果については追って講評の場を設ける。各自の評価もその場で発表する。ただし……ドゥパー曹長とラーシュクラン兵士長以外の評価は期待するな。一切《いっさい》するな。お前たちが想像するどんな評価より低いものと思え』

「ぐぇ……」

呻《うめ》いたラゼル。

無論、それだけでは終わらない。最後にメリーエがとどめを刺す。

『なお、ブラン少尉とフィントクルム戦騎長は帰投後それぞれの教官室まで出頭すること。すぐに、速《すみ》やかに、迅速《じんそく》に。一秒の遅れは一時間の延長になると思いなさい』

「あぅ……」

呻いたミスラ。

お説教、確定である。

ワースト・コミュニケーション

アンケルニア帝国軍は隅々《すみずみ》まで行き届いた規律が特徴《とくちょう》だ。

「連絡事項《れんらくじこう》です。今週の郵便受付は明日の午前一〇時まで。それを過ぎると次回は再来週になりますので注意してください。次に宿舎の掃除《そうじ》用具についてですが――」

食堂のテーブルに着席した隊員たちの前で粛々《しゅくしゅく》と連絡事項を読み上げるマリー。ミスラを始め、白銀《シロガネ》の乙女たちは目の前に配膳された昼食に手をつけることもなくそれを聞いている。

貴族の娘とはいえ、身の回りのことは自分たちで行う決まり。入隊して最初の一カ月で集団生活に必要な規律は叩き込まれた。

「連絡事項は以上です。それではみなさん、いただきましょう」

隊長の副官であるマリーは人当たりがよく、彼女を嫌う者はいない。時に頭に血が上りやすくなるミスラを陰日向《かげひなた》に支える、白銀乙女騎士団《シルバリオン・キャバルリー》の要である。

小柄なマリーの穏《おだ》やかな声を合図に、隊員たちは磨《みが》き上《あ》げられたフォークへ手を伸ばした。今日の昼食はスパイスを利かせたキノコのパスタと川魚のムニエル、旬《しゅん》の野菜を使ったサラダ。そしてどんなメニューでも焼きたてのパンがつく。

朝から騎乗訓練だったのですっかりお腹《なか》が空いている。食堂はおかわり自由、毎日訓練に励《はげ》む私たちにカロリーの心配なんて無用、さあ美味《おい》しくいただきましょう……と乙女たちが頬をゆるめたその時。

「あぁー、腹減った。昼飯だ昼飯！　さあ食うぞ！」

無粋《ぶすい》極まりない声は既に聞き慣れたもの。ミスラがゆるんだ頬を思わず引きつらせたことなど知りもしない第五七王禽騎《おうきんき》兵隊《へいたい》の面々が食堂へやってきた。ガヤガヤと騒がしく、ドカドカと足音を立てて。

「今日も魚かよ。肉食いてぇよな、肉。それも鶏肉《チキン》や豚肉《ポーク》じゃなくて、牛肉《ビーフ》な。顎がはずれるくらい分厚いハンバーガーと山盛りのポテトが欲《ほ》しいぜ」

「ここの飯はどちらかっつーとアンケルニア寄りだからな。……そうだ、フィッシュバーガーじゃダメか？」

「あんなものはハンバーガーじゃねえ。ハンバーガーはビーフ一択《いちたく》よ。なあ、ラゼル？」

「んが？　ングングもがもが……」

「あっ！　もう食ってやがる！　マジかこいつ、信じらんねえ！」

「んがぐっく……バーカ、飯は早い者《もん》勝ちが五七《ゴーナナ》のルールだろうが！」

山盛りのパスタにフォークを突《つ》き刺《さ》してグルグル回すラゼル。出来上がった巨大なパスタ玉を口に押《お》し込《こ》んだ。

隊長からしてこれである。食堂のカウンターに殺到《さっとう》した五七の隊員たちはパスタもムニエルもサラダも関係なくプレートへ盛りつけ、テーブルに戻るやいなやガツガツと食べ始めた。

「……まるで動物園ね」

白銀のテーブルで誰かがつぶやく。仲間たちの無言は同意の表れ。

広い食堂には中央で白い線、隊長室と同じ「国境線」が引かれている。国境線を隔てた彼らと彼女らの違いはジュスト軍とアンケルニア軍の違いであり、突《つ》き詰めればジュスト共和国とアンケルニア帝国、二つの国のお国柄《くにがら》の違いでもあった。

「気にする必要はないわ。私たちも食べましょう」

呆気《あっけ》にとられ、あるいは眉をひそめている仲間たちに対し、ミスラは微笑《ほほえ》みと共に促す。

グッと拳を握るのは隣の席に着いた副官。緑色の瞳が輝いている。

「偉《えら》いですよミスラ様。そうです、大人になりましょう」

「子供扱《こどもあつか》いされてるみたいで複雑ね……」

とはいえ、ミスラは元々物わかりのいい性格だ。

(大人になる……そう、あの馬鹿のペースに巻き込まれないよう冷静に、冷静に……)

平常心を保ちながらフォークを動かす。隊長に倣《なら》って粛々と食事を続ける白銀の乙女たち。

そんな彼女らの様子を気にする五七ではない……と思いきや。

「ラゼル……あっちで白銀も食事中なんだし、もう少し行儀《ぎょうぎ》よくしないか」

根が真面目なモリシュとしては、白銀のテーブルから国境線を越《こ》えて飛んでくる視線が痛い。

「こないだも言ったろ。仲良くしろとまでは言わないから、相手に配慮《はいりょ》するんだ。大人になるんだよ。な?」

「俺もこないだ言ったろうが。大人になれってんなら、あいつらのやることにいちいち文句はつけねえ、その代わりこっちも気なんか遣《つか》わねえって」

大人になる、相手のやることにいちいち目くじらを立てない。ミスラと同じ。なのにこうも違うのは……やはり五七と白銀の根底に流れるお国柄の違いとしか言えない。

「どう見ても俺たちの方が迷惑《めいわく》かけてる画になってんだよな」

モリシュは申し訳なさそうに白銀の方を見た。緑色の瞳と視線が合って、無言で伝える。いつもスミマセン、と。

「つーか、さっさと食わねえとなくなるぞ？　俺は容赦なくおかわりするからな」

「言いながらもう二皿目盛ってんじゃないか。まったくお前の食欲は……あれ？」

モリシュの目が点になる。目の前のプレートからムニエルが消えていたのだ。

「おかしいな。俺の魚は一体どこに……」

言っている傍から、今度はパスタがスルスルしぼんでいく。……違う、横から何者かがフォークで巻き取っているのだ。

「こら、ハル！」

首根っこを摑んだ。小柄な女の子。長身のモリシュと並ぶと大人と子供くらい違う。

「人の皿から取るなっていつも言ってるだろ。おかわりは自分で取りに行け」

「……ん」

短く切った髪、小さな丸い顔に大きな瞳は小動物を思わせる。モリシュの皿から頂戴《ちょうだい》したムニエルとパスタを口いっぱいに詰め込んだ姿はハムスターそっくりだ。

ハルは五七の最年少で一五歳。最年長のモリシュのみならず、ラゼルを始めとする隊員たちにとって妹のようなもの。ぼんやりした目でモリシュを見ているが、特に反省するでもなくたんぱく質と炭水化物でいっぱいの口をモグモグさせていた。

「またそんなに口の中に詰め込んで……消化に悪いからよく噛《か》んで食べなきゃダメだろ」

ため息まじりのモリシュ。ハルは彼の心配などお構いなしにプレートに残ったパスタに手を伸ばした。自分のプレートではない。モリシュのだ。

「だから、なんで俺の皿から取るんだよ！」

「大丈夫《だいじょうぶ》、よく噛んで食べるから」

「そういう問題じゃない！」

「などと言っているモリシュの皿からサラダを奪う俺！」

「ラゼル、たった今おかわりしといて人の皿から取るな！　お前がそんなだからハルが真似するんだ！　教育に悪い！」

「そっか、野菜も大事。食べとこう」

「だから自分で取ってこいよ！　くそっ、食欲モンスターどもめ。こうなったら食われる前に食うしか！」

三白眼の隊長とハムスターみたいな妹分によって皿の上を侵略されては、モリシュも真面目でいられない。結局、彼も五七なのである。

大翼鳥《ガルラ》。「王禽《おうきん》」とも呼ばれるその鳥は、古くは神の遣い、あるいは神そのものとして崇《あが》められていた。野生のガルラには全長三〇メートルを超《こ》えるものもいたと聞けば納得《なっとく》だ。品種改良によって馬と同じくらいの大きさまで小型化されたガルラの騎乗が広まってから一〇〇年ほど経《た》つ。ガルラを駆る空の騎兵《きへい》、王禽騎兵《おうきんきへい》の歴史も同じくらいである。

「本日は翼を休めて、軽めに足腰《あしこし》を使います。散策などなさってはいかがでしょうか」

トレーニングメニューを片手に提案した王禽飼育士《トレーナー》。ミスラが「わかったわ」とうなずくと、彼女の愛騎・リーチェが手綱を引かれてきた。主人が自分に跨るのだと察した緋色のガルラはそっとしゃがんでそれを助ける。

「ありがとう、リーチェ」

ミスラは愛騎の首を抱《だ》き、優しく頭を撫でた。

いつもは鋼鉄と革で作られる重厚《じゅうこう》かつ美麗な禽具《プロテクター》に身を包んで空を舞うリーチェだが、今日は騎乗のために必要な最低限の装備のみ。戦闘単位としての鋭さや威厳《いげん》は取《と》り払《はら》われ、翼を畳《たた》んだ丸っこいシルエットとパッチリした大きな目には愛嬌《あいきょう》が漂う。

これがガルラという鳥の本来の姿。そして、ミスラはどちらかと言えばこういうリーチェの姿の方が好きだ。緋色の毛並み、しなやかな尾羽《おばね》に、ふわふわの羽。可愛い。とにかく可愛い。

「さあリーチェ、行きましょうか」

「お供します、ミスラ様」

マリーや他の隊員数名も自分のガルラに乗って続く。それぞれのガルラには王禽飼育士《トレーナー》が引き役として付《つ》き添《そ》い、ミスラたちは午後の陽光が美しく煌めく湖の畔《ほとり》へ出かけた。

歩き出してすぐ、ソワソワと体を揺らすリーチェ。ミスラは首元を撫でて宥める。

「今日は飛ばないのよ、リーチェ。ゆっくりお散歩しましょうね」

姉か、母か。どちらにしても穏やかで温か。リーチェへの愛情に溢れたミスラの表情は安らいでいて、マリーたちも和《なご》む。そして彼女らの目の前には輝きも豊かな湖が広がっている。

「綺麗《きれい》な景色。……ここに城を造ろうと決めた人の気持ちがわかるわ」

グリムロック城の周辺は一年を通じて天気も気温も安定しており、今日は特に麗《うら》らかな陽気と爽《さわ》やかな風が心地よい。陽光煌めく湖面は清らかに澄んで、そんな風景の中をゆっくりと歩くガルラと乙女たち。実に画になる、優雅《ゆうが》で優美な組み合わせである。

だが、この城には優雅《ゆうが》も優美も解《かい》さぬ者たちがいることを忘れてはならない。

「……なに？　この音は」

形のいい耳がどこからか聞こえる激しく攻撃的な音を捉えた。なにか機械的なもので増幅《ぞうふく》されているのか、ギターの音がギュインギュワンと猛《たけ》り狂《くる》っている。さらには。

オ゛オ゛オ゛ア゛ア゛ア゛ァ……。

この世のものとは思えない重たく不気味で、不快な音。それを耳にしたミスラたちは揃って肌が粟立《あわだ》った。

「ミ、ミスラ様……あああれを！」

声を震わせてマリーが指したのは、静かで穏やかな湖畔《こはん》の雰囲気を完膚《かんぷ》なきまでに破壊する音の発信源。

原っぱに集まった五七の隊員たちが楽器をかき鳴らし、彼らの周りでガルラたちが翼をバサバサ動かしながら踊《おど》っているのだ。よく見るとガルラの中に小柄な女の子も混じってクルクル回っていた。三半規管が心配になる踊りである。

オ゛オ゛オ゛ア゛ア゛ア゛ァ……。

またあの不気味な音。すると踊っていたガルラと隊員たちが一斉に頭を上下に振る。首が折れそうなほど激しく。ひたすらに。

「なんですか⁉　なんなんですかアレ⁉　なにかの儀式《ぎしき》？　ミスラ様！」

「お、落ち着きなさいマリー。なにやってんの、あいつら……っととと」

困惑するミスラの身体が大きく揺れた。リーチェが音楽と踊りに興奮しているのだ。

「ちょっ、リーチェまで⁉　……ああもう、その音楽やめッ！　ストップ！」

大声で叫び、リーチェから飛び降りたミスラはズカズカと馬鹿騒《ばかさわ》ぎの中へ乗《の》り込《こ》んでいく。

その中心にいたのは……案の定、三白眼の隊長だ。

「ンだよ。せっかくノッてきたところで邪魔すんな」

「いきなりこんな馬鹿騒ぎに出くわしたら邪魔もするわよ。私のリーチェがビックリしてるじゃない。……一体なによ、この騒音《そうおん》は」

「騒音とは失礼だな。五七《うち》の錬金術師《アルケミスト》が発明した結縮水銀式《メルキュロック・アンプ》の増幅器だ。専用のギターを繋いでやると最高にクールな音を出す。そのうち流行《はや》るぜ、爆発的かつ世界的に」

けたたましい音を吐き出す箱に繋いだ愛用のギターを得意げにギュンギュン鳴らすが、ミスラの眉間《みけん》のしわは不快と苦痛で硬貨《こうか》を挟めそうなほど深くなった。

「なに作らせてんの。それにこの踊り、首の筋肉でも鍛《きた》えてるつもり？　身体に悪いわよ」

まるで首の関節がはずれているかのように頭を振《ふ》り乱《みだ》すそれ。見ているミスラの首が痛くなってくる。だがラゼルはなおも得意げに。

「知らないのか？　ヘッドバンギングは脳を刺激《しげき》して人類とガルラを新しいステージに連れていくんだぜ？」

「さすがにそれはない！　頭に血が上ってトリップしてるだけでしょ！　それに……」

オ゛オ゛オ゛オ゛ア゛ア゛ア゛ア゛ァア……。

「っ⁉　またこの音！　なんなのよこれ、うちの子たちが怖がってるんだけど」

「音じゃねえ。声だ……デュロッサ！」

「オ゛オ゛ア゛ア゛ア゛ァッ」

その音……もとい、声を出していたのはラゼルが愛する黒いガルラだった。デュロッサも今日は禽具《プロテクター》を取り払い、主人のギターに合わせてフワフワの羽を羽ばたかせながら低く重たい鳴き声を響かせている。それが、あの不気味な音……もとい声、あるいは歌だ。

「デュロッサだったの!? な、なによ、その鳴き声。なんていうか、心がザワつくというか、不安定な気持ちになる！」

至近距離で聴《き》かされるのに耐えられず、思わず耳を塞ぐ。だがラゼルはギターよりもヘドバンよりもさらに得意げに、そして一番嬉《うれ》しそうに目を輝かせた。

「すげーだろ！ デュロッサのデスボイスは大陸一だぜ。こうやって目一杯《めいっぱい》歌って踊る、これがガルラの息抜《いきぬ》きにちょうどいいんだ」

と、再び演奏を開始するラゼル。そして響き渡るデュロッサのデスボイス。

オ゛オ゛オ゛ア゛ア゛ア゛ア゛ア゛ア……。

二人のセッションはなんだかとても金属質《メタリック》で前衛的。そして残念ながら、貴族のお嬢様たちの耳には合わないのである。

「ああもうっ、だからやめなさいって言ってるでしょうが！」

これが原因か！ とミスラはアンプに繋がっていたギターのコードを引《ひ》き抜《ぬ》く。

「こんな馬鹿騒ぎが息抜きなんて、どうかしてるわ！　迷惑よ！」

「うちのガルラにはこれが一番なんだよ。そっちこそなんだ、ガルラと散歩すんのに飼育士《トレーナー》までつけて、過保護か」

「これも体調管理の一環《いっかん》なの。私のリーチェをベストなコンディションに保つためのね！」

アンタと一緒にしないで、と冷ややかなミスラ。だがそんな彼女をラゼルは鼻で笑った。

「ハッ。そのコンディションを保つのはテメーじゃなくて飼育士《トレーナー》だろ？　薄情《はくじょう》だよなあ、貴族ってのは。自分が乗るガルラの世話を他人に投げちまうんだから」

「なっ……ッ！」

これにはミスラもカチンときた。

ラゼルの言う通り、アンケルニアではガルラの世話を主人である王禽騎兵《おうきんきへい》がすることはほとんどなく、専門の王禽飼育士《トレーナー》に任せている。しかし、だからといってそれをガルラへの愛情不足と断じられるのは我慢ならない。

「これがアンケルニアの王禽騎兵《おうきんきへい》よ。主従の関係を明確にすることで、より強い信頼関係が築けるの！　アンタにとやかく言われる筋合いはないわ」

これが帝国流。我が国《わがくに》の流儀《りゅうぎ》。アンケルニアの王禽騎兵《おうきんきへい》はこういうものなのだ。それに私だって、私だって……。

「汚《よご》れ仕事をしたくないのをそれっぽい理屈《りくつ》でごまかしてるだけだろうが。寝食《しんしょく》を共にしてやるのが本当の主従ってやつだ。俺なら厩舎《きゅうしゃ》でデュロッサと一緒に暮らせるぜ。なー、デュロッサ？　……待て待て、なんで目ェ逸《そ》らすんだよ」

「隊長のイビキがうるせえからじゃね？」

「オイ、誰だ余計なこと言ってんのは！」

恰好《かっこう》がつかないラゼルと正直なデュロッサ。遠慮《えんりょ》なく笑う隊員たち。それは実に庶民《しょみん》的で、ジュスト軍らしい。だがミスラは彼らのやり取りに拳を震わせた。私だって、私だって……。

「私だって、本当はもっとリーチェを可愛がりたいし、甘やかしたいし、ご飯だってトイレだってお世話したいわよ！　毎晩一緒に寝《ね》て同じ夢を見られたら最高だわ！　でも仕方ないでしょ！　うちの国はこのやり方で上手くやってるんだから！」

「落ち着いてくださいミスラ様！　話が逸れてます！」

思わず本音を吐き出して地団太を踏《ふ》むミスラを必死に制止するマリー。ハッと我に返ったミスラは呼吸を整え、改めてラゼルを睨みつけた。冷静に、冷静に。

「とにかく！　こんなところで歌って踊られたら迷惑だって言ってるの！」

「これが俺らのやり方なんだ。お前に指図される筋合いはねえよ！」

かくして今日もまた睨み合う二人。グリムロックスへの入校から二〇日余り、もはや見慣れてしまった光景にマリーはため息しか出ない。

すると、今日はここに割って入る三人目がいた。ぼんやりした目で黙って二人を見上げる小柄な少女……ハルだ。

「……」

リスのように丸くて大きな目が妙《みょう》な迫力《はくりょく》を伴《ともな》って見据《みす》えている。小柄で存在感が薄いため気づかなかったが、ミスラはその眼力の強さに思わず彼女を見た。

「ねえ……なんだかすっごく見られてるんだけど」

「ん？　なんだハル、飯はまだだぞ」

「……デスボとヘドバンは？　もう終わり？」

どうやら、ガルラと一緒にクルクル踊ってヘドバンするのが楽しかったらしい。ラゼルはわざとらしく肩を竦めて見せた。

「ああ、もっと続けてやりてーとこだが、お隣《となり》さんが近所迷惑だからやめろとさ」

「なにその言い方。うちのガルラに悪影響《あくえいきょう》だからやめてって言ってるのよ」

「テメー、アレだな。子供可愛さが行き過ぎてモンスター化する母親になるな、将来」

「なんですってぇ……ッ！」

再び冷静さを忘れ、今にも噛みつきそうな勢いのミスラ。するとハルは怒りに燃える彼女の横顔を見上げながらおもむろに口を開いた。

「とっとと失せろ。お前の汚《きたな》い●●●に切り落としたジジイの×××をブチこんでやろうか、このファ■キン帝国女」

「は……？」

　ぼんやりとした、小柄な、リス似の少女の口から放たれた言葉にミスラは唖然。マリーたち白銀の乙女たちはは完全に固まった。

「あー……とうとうやっちまったか」

　ラゼルと五七の隊員たちは「あーあ」とため息。コレがあるからできるだけハルを白銀に近づけないようにしていたのに。

「耳にクソが詰まって聞こえなかったの？　一〇数えるうちに消《き》え失《う》せないと、そのカビ臭《くさ》い●●●にあたしの足を突っ込んでブーツの代わりに履《は》いてやる」

　抑揚《よくよう》に乏《とぼ》しい淡々とした口調で下品な罵倒《ばとう》を連発するハル。見た目は小柄なハムスターなのだが、彼女の語彙《ごい》は極めて凶暴《きょうぼう》だ。

「馬鹿……そういうのは身内だけにしとけっつったろうが」

　さすがのラゼルもハルの頭を小突《こづ》いて黙らせる。しばらく呆然としていたミスラは……何故か悲しそうな目をしていた。

「ねえラゼル……私、実家にこの子と同じ年頃の妹がいるんだけど」

「お、おう……」

「酷《ひど》い言葉で侮辱《ぶじょく》されたことより、この歳の女の子がこんな汚い言葉を使うのってどうなの？　さすがに治した方がいいと思うわよ。ね？　真剣《しんけん》に考えましょう？」

「普通《ふつう》に心配してんじゃねえよ。……ったく、仕方ねえ。やめだやめだ」

思わぬところでミスラの姉心が発揮され、ラゼルには返す言葉もない。言い合っていた二人の熱は一気に冷め、引きずられるようにその場の空気が白けていく。

とてもやり合う雰囲気ではない。だが空気を読まない妹分は小首を傾げた。

「結局やめんの？　ラゼル。とんだチキン野郎だね」

「お前が変な空気にしちまったからだろ。俺が言えたこっちゃねえけど、もう少し口の利き方に気をつけろ」

「なんなら白銀で預かるわよ？　ラゼルの下じゃ教育に悪いし」

「大きなお世話だよ帝国産ビ●チ。おうちに帰って大好きな豚《ぶた》の×××でも咥《くわ》えてな」

「ハル！　お前はもう喋んな！」

●

姉心が刺激されたのか、なおもハルになにか言い聞かせようとしているミスラ。相変わらずぼんやりした表情のまま汚い言葉を連発するハル。品のない妹分に自分のみっともなさを見せつけられるようでいたたまれなくなり、頭を抱えるラゼル。

どうしようもない空気が漂う彼らを、少し離れた場所から見ている目があった。

「なにをしているのかしら、あの人たちは……」

その視線は冷めている。細めた目が鬱陶《うっとう》しげに見つめていた。

王禽騎兵《おうきんきへい》は髪を短く切るか、そうでなくても騎乗の邪魔にならないよう普段《ふだん》から結んでおくもの。しかし美しく手入れされた髪を見せつけるように伸ばした彼女からは、王禽騎兵《おうきんきへい》である前に貴族の娘なのだという、ある種の自負が感じられた。どことなく頑《かたく》なな自負だ。

セレス・アンシュラスは長い髪の先を指先で弄《もてあそ》ぶ。細めた目が捉えるのはミスラの横顔。

「私たちはアンケルニア軍を、帝国貴族を代表してこの任務に就《つ》いているというのに……」

楚々《そそ》とした唇から漏れるのは不満、そして苛立ち。それらをため息とともに吐き出して、セレスは踵《きびす》を返《かえ》す。付き合いきれない、とばかりに。

●

結局、ミスラたちの散歩もラゼルたちのメタリックなセッションも中断。ミスラはリーチェを連れて白銀の厩舎に戻った。

昔からの習慣で「厩《うまや》」とはいうが、王禽騎兵《おうきんきへい》にとって厩舎はガルラを飼育するための場所。馬小屋ならぬ禽小屋《とりごや》だ。

「まったく、なにがガルラの息抜きよ。いい加減なことばっかり言って、自分たちが遊びたいだけじゃない。……リーチェ、大丈夫?」

リーチェはまだ体を震わせている。自慢《じまん》の尾羽がソワソワと揺れ、落ち着かない様子。ラゼルとデュロッサのセッションがよほど衝撃的だったらしい。鞍を外す王禽飼育士《トレーナー》も心配そうだ。

「聞いたことのない音に驚いたようですね。ガルラは繊細《せんさい》ですから」

「このことは連騎長《れんきちょう》を通じてきっちり抗議しておかないと。任せておきなさいリーチェ、私があの馬鹿どもを黙らせてあげるから」

拳を握るミスラ。ラゼルの言う「過保護」もあながち的外れではないかもしれない。

だが、飼育士が藁《わら》の敷かれた禽房《ストール》へリーチェを入れようとした直前、愛らしいガルラのお尻《しり》を見送っていたミスラの目が見開かれた。

「戻りなさいッ! リーチェ!」

彼女の声はどんな音にも勝《まさ》る絶対の命令。リーチェは飼育士《トレーナー》を突《つ》き飛《と》ばすほどの勢いで振り返り、ミスラの下へ駆《か》け戻《もど》った。

「ミ、ミスラ様……?」

飼育士《トレーナー》のみならずマリーたちも唖然としている。ミスラは「ごめんなさいね」とだけ断ると、自ら足を踏み入れることは滅多にない禽房《ストール》の中へ入り、掃除用の熊手《レーキ》で藁をかき分けた。

「これは……ッ!」

飼育士《トレーナー》が言葉を失い、マリーたちも息を呑《の》む。かき分けられた藁の中から鋭いガラス片《へん》が顔を覗かせていたからだ。一つや二つではなく、大きさもかなりのものだ。

ガルラは禽房《ストール》の藁の上に座り、眠《ねむ》る。その中にこんなガラス片が隠されていれば……どんな事態を招くかは想像に難《かた》くない。

「さっき厩舎を出た時、こんなものは……。も、申し訳ございませんッ!」

真っ青な顔で平伏《へいふく》する飼育士《トレーナー》。故意にしろ過失にしろ、厩舎の中でガルラにもしものことがあればそれは飼育士《トレーナー》の責任。それがアンケルニアのやり方だ。ミスラも自分のガルラを預ける王禽騎《おうきんき》兵《へい》として「気をつけてね」と最低限の叱責《しっせき》をした。しかし。

「こんなもの……自然に湧いて出るわけがないわよね」

誰かの仕業だ。その意図には悪意しか感じない。白銀の隊員たちは口々に怒りと嫌悪《けんお》を口にした。その節々《ふしぶし》に「五七」という単語が挙げられたのは、至極《しごく》当然の成り行きだろう。

(あの馬鹿がやったのかしら。だとしたら……フォークを隠すのとは訳が違うわよ。悪ふざけで許されることじゃない)

怒りと同時に感じるのは、リーチェを危険に晒してしまったことへの不安と恐怖《きょうふ》。隊長としての自覚でそれを顔に出さないよう努めるミスラの隣で、副官の少女は既に冷静さを取り戻《と》《もど》していた。

「お調べします」

「お願い。誰がやったにしろ、確実な証《しょう》拠《こ》が必要だわ」

　第一の証拠となるであろうガラス片を手早く回収するマリー。ミスラはまだ青ざめている飼育士《トレーナー》を励ますように肩を叩き、他の隊員たちに振り返った。

「この件、ここにいる人間以外への他言は無用よ。勿論、五七の人間にも。下手に追及《ついきゅう》したりしないこと。いいわね」

　そう、下手には動けない。こんな陰湿《いんしつ》で最低の真似をする人間だ。きっちりと証拠を押さえてからでなければ逃《に》げられる。

（私のリーチェによくも……絶対に許さないから）

●

　同じ頃、ラゼルも五七の厩舎に戻っていた。

「結局、あいつらはガルラとの付き合い方がわかってねーんだよ。なにがベストなコンジィションだ。適当なこと言いやがって」

　ジュスト軍の王禽騎《おうきんき》兵《へい》は自分のガルラの世話を自分でする。餌《えさ》やりから糞《ふん》の始末、そして今ラゼルがやっているように専用のブラシでデュロッサを丁寧に撫で、古くなった羽や体表につく虫を落とすためのブラッシングも王禽騎《おうきんき》兵《へい》の仕事。

「アンケルニアのガルラたちが可哀想だぜ。なあ、デュロッサ？」

三白眼で優しく見つめながら話しかける。デュロッサはツボを心得たブラッシングに気持ちよさげな鳴き声で応えた。

ラゼルにとってこの時間は癒《いや》しだ。いざ禽具《プロテクター》を纏って飛べば闘争本能の塊《かたまり》のように空を駆けるデュロッサも、こうして丁寧にブラシをかけてやると目を潤《うる》ませながら嘴《くちばし》を半開きにし、甘えるように大きな体を摺《す》り寄せてくる。それがたまらなく可愛い。

「よーしよし。今日もいい色してんなあ。この黒い体に金色の模様ってのが最高だ。……おっ、頭の羽が伸びてきたか？　そろそろ手入れしねえと」

手を伸ばし、頭に生えた冠羽《かんう》を撫でる。王禽騎《おうきんき》兵《へい》はガルラの見た目にもこだわるもの。頭や尾《お》の羽をどんな長さにするか考えるのも楽しい時間なのだが……。

「なあ、隊長。俺ら、本当にこのままやっていけんのか？」

「あ？　なんだよいきなり」

デュロッサの向こうから聞こえた声に、ラゼルはヒョイと顔を出した。同じように自分のガルラの手入れをしていた隊員がなんだか難しい顔でこっちを見ている。

「さっきのことだよ。白銀のやつらに邪魔されて、結局コイツら遊ばせんのも中途《ちゅうと》半端《はんぱ》で終わっちまっただろ」

「心配すんな。ちゃんと中佐に言っとく。ガルラの息抜きは体調管理の一つなんだから、次からは文句を言わせねえよ」

「ああ、うん。そうなんだけど……それだけじゃねえんだ」

難しかった顔が、今度はなにか言いにくそうに視線を泳がせている。

「白銀のやつらと俺らは考えてることが全然違う。飯食う時とか、授業や訓練してる時とか、なんつーの……習慣？　根っこから違うのがわかんだよな。それに……」

そこまで言って、気まずげに口ごもる。見れば、他にも似たような顔で様子を窺っている隊員が何人か。そして、別の一人が「なんかさあ」とため息まじりに吐き出した。

「気づいてんだろ？　いつも離れたところから、聞こえないようになんか言ってる奴らがいる。野良犬《のらいぬ》を見るような目で俺らのことを見て、嗤《わら》ってる奴らがいる」

「……」

ラゼルの沈黙《ちんもく》は、肯定《こうてい》だ。

気づいていた。家族同然の関係で隊長に向かって「お前」なんて言える自分たち五七と違って、白銀にはミスラを中心としたまとまりとは別に、彼女と距離をおく隊員たちがいる。

そんな白銀の一部から時折感じる、冷淡で辛辣《しんらつ》な感情。単なる敵対心とは違うもの。五七の隊員たちが感じる不安と不快の源はそれだった。

「自分たちは貴族だからって、俺らのことを見下してんだよ、あいつら」

根拠《こんきょ》なく上から見られ、蔑《さげす》まれている。五七の隊員たちはそれを敏感《びんかん》に察していたのだ。

「ミスラ隊長も、お前と正面きってやり合っちゃいるけど……あの人も貴族の娘だからな」

「あいつが身分の違いで俺をナメてかかってるってのか？　そりゃねえよ」

「は？　……なんでわかんだよ、そんなこと」

ラゼルがあまりにきっぱり言い切ったものだから、隊員たちの目が点になる。彼のリアクションに不満があるというより、そこまで自信たっぷりに言えることに驚いた。

そして、言い切った本人はと言えば。

「そりゃお前……あー、なんでだ？」

「なんだそりゃ。根拠ないのかよ……ったく」

自分でもわからず首を傾げる隊長に、隊員たちは呆《あき》れ果《は》てる。それでもラゼル本人に対する感情が悪くならないのは、それだけの信頼があるからだ。

「ラゼル、お前は五七のメンツを守ってくれてる。だから俺らも、バインツ中佐《アニキ》の命令だからって白銀の連中と馴れ合うつもりはねえ。大演習でのケジメをつけたって、あいつらが俺らを見下してるかぎり、絶対にありえねえよ」

「そりゃまあ、一方的に見下されたままじゃ馴れ合えねえよな。……しかし俺としては、お前らがそこまで考えてくれてんのがちょっと嬉しいぜ」

などと、恥ずかしいような照れるような顔をしたラゼル。だが。

「仕方ねえだろ……隊長が馬鹿なんだから」

「だよなー。大体さあ、ここに来てから白銀とトラブッた時って、七割がたこっち側っつーかラゼルが原因作ってんじゃん？」

「俺も思ってた。あいつらに馬鹿にされる原因、ほぼほぼラゼルだろ」

「頼むぜラゼル……馬鹿が死ななきゃ治らないなら、手伝ってやるからさ」

「なに手伝うつもりだよお前は。クソッ、部下に恵《めぐ》まれねえぜ」

口を平べったくして目を据《す》わらせたラゼルを、隊員たちはゲラゲラ笑っていた。

すると、隊員の一人が「なあ」と手を挙げる。

「隊長……馴れ合いってことだと、ちょっと気になることがあんだけど」

「なんだ？　これ以上俺をいじめんなよ。ストレスで胃に穴が開いちまうだろ」

「ホットドッグにドリル挟んで食ったってお前の胃に穴が開くかよ。……いや、大したことじゃねえんだけどさ」

その言い方に気づくところがあったのか、他の隊員たちも「あー」となにやらうなずいている。別に深刻なことではないのだが、一応言っておきたい。

「モリシュの奴……ちょっと、馴れ合いすぎじゃね？」

「すみません、俺がいない時に……ガルラを遊ばせる時は城から離れた場所にしますから」

「いえ……確かにビックリしましたけど、あれがジュストのやり方なら、こちらも配慮すべきだと思いますし。今日のことは、また一つお互いのことを知れたと思えば」

平謝《ひらあやま》りするモリシュに優しく微笑むマリー。「ビックリしました」というのには想像を絶するハルの発言も含まれていたが、そこに言及《げんきゅう》するとモリシュの胃に穴が空きそうなので黙っておいた。言わなくていいことは言わない。帝国淑女のたしなみである。

「そう言ってもらえると助かります。それで、ひとまず中佐と連騎長《れんきちょう》にも報告して指示を仰ごうかと思うんですが」

「いいと思います。教官が決めたことなら隊長たちに話を通しやすくなりますし」

小首を傾げたマリー。モリシュは苦笑《くしょう》しながらうなずいた。

広い廊下の片隅《かたすみ》で、長身の青年と小柄な少女が和やかな空間を作り出している。それからいくつかの連絡を済ませてマリーは去っていった。廊下の角を曲がる直前、会釈まで残して。

「……いい人だよなあ」

ゆるんだ表情でつぶやいたモリシュ。愛らしく、丁寧で、気遣《きづか》いもできる。普段からラゼルに困らされているモリシュにとってマリーの存在は清涼《せいりょう》剤だ。

「はぁ……」

廊下の向こうへ消えた彼女の残像に浸《ひた》る。……浸りすぎて、背後から近づいた気配に気づかなかった。

「随分と仲がいいな、お前ら。ええ？」

「ぬあっ、ラゼル……」

ニヤニヤ笑う隊長は動揺する副官の肩を抱いた。

「廊下で立ち話なんてせずに、遠慮なく隊長室でお喋《しゃべ》りしてもいいんだぜ？」

真ん中で国境線が引かれ、ラゼルとミスラが同時に在室している間ずっとピリピリしているあの隊長室で仲良くお喋りできるなんて、それは壊滅《かいめつ》的に空気が読めないか心臓に毛が生えているかのどちらかだ。

冗談じゃない。モリシュは動揺を隠すように咳払《せきばら》いを一つ。

「俺たちは『仲良くしろ』という命令に従ってるだけだ。……残念ながら、隊長同士が少しも歩み寄ろうとしてくれないからな」

「嫌味かよ」

「嫌味だよ。……まあ、実際問題としてお前らの仲が悪すぎるから、副官同士で情報交換《こうかん》しないと互いの訓練や授業にも支障が出るだろ」

「情報交換ねえ……一方的に喋らされてなきゃいいけどな。色仕掛け《ハニートラップ》、みたいな」

「冗談でもそんなこと言うな。怒るぞ？」

親切なモリシュは怒る前にちゃんと「怒るぞ」と言ってくれるが、逆に言えばこれ以上調子に乗ると本当に怒る。付き合いの長いラゼルは「わかったわかった」とひとまず降参した。

「ところで……こないだのやつ、どうだ？」

周囲に人の気配はないが、声を潜《ひそ》める。先日の訓練で直前に見つかった禽具《プロテクター》の破損。明らかに人為的なそれについての調査をラゼルはモリシュに命じた。隊長と違ってこの手の仕事も得意な副官は「あー」と視線を泳がせる。

「厩舎も禽具《プロテクター》の保管場所も人の出入りは多いからな。それだけじゃ絞《しぼ》り込《こ》めそうにない。この城にいる人間なら誰でも犯人になりうる。しいて言えば……外から見えにくい部分を選んで傷つけてたってことは、それなりに知識のある人間だろうな」

「素人《しろうと》じゃねえってだけで、ほとんど手がかりナシか。……仕方ねえ、こっから先は中佐に預けるしかねえな」

「そうしてくれ。隊長同士の仲が悪くて、ただでも忙《いそが》しいんだ。これ以上続けるなら特別手当でも出なきゃ割に合わないよ。今も書類が……あ、そうだ。お前のチェックが必要な書類があるんだ。ちょうどいいから他の仕事と一緒に今から隊長室で……あれ？」

ラゼルがいない。「あ、そうだ」のあたりで不都合な気配を察したのか、既に廊下の向こうへ逃げようとしている。こういう嗅覚《きゅうかく》は鋭いのだ。

「こんな天気のいい昼間から書類仕事なんてやってらんねえよ。じゃあな！」

廊下を走り去る隊長。副官は「やれやれ」と盛大にため息をついた。

「後で困るのは自分だってのに……」

隊長がこれだから、副官は馴れ合いたくなるのだ。

●

「なるほど、ではアンケルニア側の調整はお任せします。ええ、いやなに、間に立って働くのも私の仕事ですからな。ハハハ」

モリシュから逃げたラゼルは、汗を拭《ふ》きながら笑う紳士を見つけた。話している相手は。

「……それでは、よろしくお願いします。マクヘー教頭」

レンズの奥に冷たい眼光。白銀乙女騎士団《シルバリオン・キャバルリー》の上官にしてミスラですら睨み一つで黙らせる教官、軍人淑女《コマンドレディ》ことメリーエ・アフランだ。

ちょうど話が終わったのか、メリーエはその場を立ち去る。きっちりと伸ばされて少しもぶれない背すじ。噂では背中に定規が入っているらしいが、だとすればそれは鋼鉄製だろう。

「……」

すれ違いざま、教官への礼儀《れいぎ》として姿勢を正して道を譲ったラゼルを見る。その目は冷たく、瞳の奥に深く暗いものすら感じさせた。

「……なんだあの目、おっかねえ」

「アフラン連騎長《れんきちょう》も、ああ見えて実戦経験豊富と聞くからねえ。ブラッドフォート中佐同様、歴戦の猛者《もさ》というやつだよ」

ゴズロムは汗を拭いたハンカチをポケットに仕舞《しま》い、ウンウンと頷く。彼女と相対して緊張するのは彼も同じということらしい。

「歴戦の猛者、ねえ。……中佐もたまに怖《こえ》ぇけど、それとは別物って気がするんだよな。なんか、ミスラをビビらせてる時とも違うような……ああ、嫌われてんのか、俺」

よく考えれば好かれる理由がない。五七の仲間たちが言うようにミスラとのトラブルの原因を作っているのがラゼルなら、嫌われている方が自然だ。

だが、ゴズロムは「うーん」と微妙な笑みを浮かべた。

「まあ、彼女もアンケルニア貴族で、熱心な愛国者だからね。この学校の意義についても、内心では思うところがあるんじゃないかな?」

「思うところ……」

それはつまり、ジュストとアンケルニアの友好に対して、ということか。

「今も、アンケルニアの国内ではジュストとの友好について反対する意見が少なくないと聞く。特に歴史の長い貴族などはね。……だからこそ、きみらがもっと仲良くしてくれないと困るんだけどなァ! ラゼル隊長?」

頼むよォ、と詰《つ》め寄《よ》るゴズロム。相談役としてグリムロックスにいる以上、成果が挙がらなくては困るのだろう。しかし目の前の三白眼は「あっそ」とそっけない。

「それで、また俺らと白銀を協力させるための訓練でも企《たくら》んでるのか？　教頭先生？」

「ハハハ、いやいや。残念ながら、この間の件で主導権を失ってね。……まあ、私も人を見る目はあるつもりだ。きみとミスラ隊長がそう簡単に仲良くしてくれないということは、よーくわかったよ」

もう懲《こ》りました、とばかりに肩を竦める。巨大兵器まで持ち出してろくに成果らしい成果を挙げられなかったのだから無理もないが。

「ところでラゼル隊長……『アルソニスタ』を知っているかね？」

「アルソ……なんだって？」

「『放火同盟《アルソニスタ》』だよ。あちこちの国で戦争の火種を撒いている文字通りの放火魔《ま》だ。自分たちに利益があるならどんな勢力にも加担するという秘密結社で……実のところ、ジュストとアンケルニアの戦争が長らく続いていたのも裏でこの連中が動いていたからだと言われている」

「……ああ、思い出した。軍で失敗や嫌がらせがバレた時の言い訳に使われてるアレだろ。責任を丸投げするために、ありもしない秘密結社のせいにしてんだ」

「ハハハ、確かにアルソニスタはほとんど噂レベルの存在だからね。私も正直、実在してるとは思っていないが……」

しかし、と紳士は胸を張った。……お腹を突き出しているようにしか見えないが。

「アルソニスタが実在するとしたら、今のきみたちは格好の標的だ。火種一つで大炎上《えんじょう》さ。

……お願いだから笑って済ませられるレベルのケンカにしておいてくれたまえよ？　国際問題になりかねん」

最後は思いっきりため息をついて、ゴズロムはヒラヒラと手を振りながら去っていった。

●

長年放置されていたグリムロック城にはまだ手入れされていない場所も沢山《たくさん》ある。

屋上に設けられた庭園もその一つ。木製の大きな蔓棚《つるだな》を覆いつくすほど伸びた緑色の蔓植物《つるしょくぶつ》はまるで大きな木のようで、人間の都合など関係ないとばかりの逞しさを感じる。

庭園の隅には小さな物置小屋があった。小さくとも造りはしっかりしていて、特に屋根の広さと角度は昼寝《ひるね》をするのに最適だ。

「ここはまだモリシュも知らねえはず……しばらくサボり場所にできそうだな」

物置小屋の上で寝転《ねころ》がり、空を見上げる。青空を流れていく雲が一つ、二つ。デュロッサに乗って飛ぶのもいいが、こうして見上げる空もいい。ラゼルは空が好きなのである。

（五七と白銀の決着、か）

必ずつけなければならない。仲良くするのも馴れ合うのも、それからだ。だが隊員たちが言う通り、白銀の中には大演習の決着とは違うところで五七への敵意を感じる。

（貴族の国……なあ）

国民全ての平等を謳《うた》う市民国家のジュストと明確な階級社会であるアンケルニア、最大の違いだ。アンケルニアの貴族にとってジュストの「市民」とはアンケルニアの「平民」と同義らしい。つまり、白銀の乙女たちから見ればラゼルたちは低い身分の人間ということだ。

（ミスラもそうなのか？　俺らのことを見下してる？　……なんか違うな）

確かにケンカはする。衝突する。その時ミスラは辛辣な言葉でラゼルを攻撃する。だがそれは、ラゼルを平民として見下す貴族の態度とは違う気がするのだ。

（……なんで俺はそう思う。あいつが「そうじゃない」って、どうして思える）

根拠はない。むしろ疑わない方がおかしい。だというのに、ラゼルはミスラが身分という物差しで自分を見ているとは思えなかった。

何故だ？　ミスラのどこにそんな根拠がある？

「クソッ……これじゃマジで馬鹿みたいじゃねえか、俺」

普段から直感と本能に頼ってばかりいるから、こういう時に自分を分析《ぶんせき》することもできない。

ラゼルはガリガリと頭をかきながら身を起こしかけたが、庭園の扉が開く音に気付いて咄嗟に屋根の上で身を伏せた。視線の先には……。

（ハル？　おいおい、こんなところでサボりとは感心しねえな）

自分のことは棚上《たなあ》げして様子を窺う。ハルは蔓棚の下まで来ると周囲を見回し、誰にも見られていない――と彼女は思っている――のを確かめてから登り始めた。

リスやサルではないかと思うほどスルスルと登ると、大きく茂《しげ》った蔓の上からなにかを抱えて飛び降りる。それは木の皮を編んで作られたバスケットだ。

「……ふふーん」

ご機嫌《きげん》で開いたその中には干し肉やビスケットなど日持ちする食べ物が詰まっていた。

「♪～♪♪～♪～」

ハルは鼻歌まじりで懐から取り出した缶詰《かんづめ》を新たに加え、再びバスケットを蔓棚の上へ戻す。上手く蔓の間に隠されたそれを下から見上げて満足げな表情。……それをラゼルは半ば呆れ、半ば困ったような顔で小屋の上から見ていた。

(ハルのやつ……まだあんなことしてんのか)

ハルの習慣、あるいは癖……あまりよくない癖だ。食堂や酒保からちょろまかした食べ物を集めて、人に知られないよう隠している。

(ようやく学校ってやつに入《はい》れたってのに……。いや、ハルのアレはそれ以前の問題か)

汚い言葉を平然と使ってしまうのも、ああして食べ物を隠すのも、原因はハルという少女の根本にある。いずれ治さなければと思いつつ今まで来てしまったが。

ひとまずあのバスケットを没収《ぼっしゅう》しておくか。ラゼルは身体を起こしかけ……。

「あなた、こんなところでなにをなさっているの？」

再び伏せた。露骨《ろこつ》な嫌悪感を伴って相手を咎めるような声。それが指す「あなた」とは小屋の上に身を潜めた三白眼の不審《ふしん》人物ではない。

「荒れ果てたグリムロック城にあって、ここはかつての栄華《えいが》の面影《おもかげ》を残す庭園。風雅《ふうが》を解する者がしかるべき手を入れる場所。あなたのような人間が来るところではありませんわ」

小柄なハルを見下ろしているのは長い髪を指先で弄ぶ白銀の隊員だ。細めた目には明らかな嘲笑《ちょうしょう》。見下ろしているのではない、見下している。

（あいつは……）

取り巻きを連れた彼女がセレス・アンシュラスであることをラゼルは知っていた。

セレスは黙っているハルを鼻で笑う。

「そもそも由緒あるこの城にジュストの人間を入れること自体、私は問題だと思っていますの。既に絶えた家とはいえ、この城を造ったのは帝国の礎《いしずえ》を築いたアンケルニア貴族。本来ならジュストの平民が土足で踏み入っていい場所ではないのよ」

ハルは黙ったまま彼女の言葉を聞き流している。セレスもそれに気づいたのだろう。自分たちが無視されているとわかると、不愉快そうに眉間にしわを寄せて詰め寄った。

「返事の一つくらいしてはいかが？　平民の耳ではアンケルニアの発音を聞き取れないのかしら？　それとも劣悪《れつあく》な音楽でガルラと踊っているうちに脳まで腐《くさ》ってしまったの？」

ここまで侮辱されて、ようやくハルは彼女の顔を見る。クスクスと笑っている取り巻きの少女たちと、その中心で自分を見下すセレスを。

隠れて見ているラゼルはだんだん心配になってきた。

(お嬢様は陰口《かげぐち》叩くだけじゃ満足できなくなったってわけだ。それでハルなら直接イジれる相手と踏んだのか？　……知らないってのは幸せだな、オイ)

心配しているのはセレスのことだ。彼女はハルが反撃しないものと決めてかかっている。

「知っているのよ。あなたたち五七のほとんどはジュストの田舎《いなか》から出てきた連中で、食《く》い詰《つ》めて軍に入ったような者もいるって。どうせ、あなたもそうなんでしょう？

軍に入る前はどうやって暮らしていたの？　物乞《ものご》い？　泥棒《どろぼう》？　まさかその歳で自分を売り物にしていたわけではないでしょうね？」

ハルが黙っているのをいいことに、セレスの侮辱は加速する。だが黙《だま》り込《こ》んだ小さな身体から漂う剣呑《けんのん》な空気をラゼルは感じ取っていた。

(さて、どこで出てってやるかな……)

セレスは知らない。自分が気づかないうちに、ハルがベルトに差したナイフに手をかけようとしていることを。ハルがその気になれば、セレスの喉《のど》くらいあっという間に掻《か》き切ってしまうことを。そして、目の前の少女は「その気」になるためのハードルが想像しているより遥《はる》かに低いことを。

五七の妹分が実は隊長以上の凶暴さを秘めていることを、知らないのである。

「まともな教育も受けていない平民を私たち帝国貴族と同列に扱《あつか》おうなんて。はしたない言葉で申し訳ありませんけど……反吐が出ますわ」

「……」

（あ、ヤバい。殺《や》っちまう。国際問題だ）

ハルの大きな瞳に暗く淀《よど》んだ光が走るのをラゼルは見逃《みのが》さなかった。これ以上はマズい。と慌てて飛び出そうとした直前……。

「今の発言を取り消しなさい、セレス」

その場の空気を切り裂く、毅然とした声。ミスラだった。それはナイフを抜こうとしたハルの手を止め、飛び出しかけたラゼルをまたしても屋根に伏せさせる。

（あいつ……）

様子を窺っていたのだろう、ミスラはハルとセレスの間に割って入り、自分の部下を見据えた。まっすぐに、決して逃がさない視線で。

「この場での発言を全て取り消しさない。そして、侮辱したことを彼女に謝って」

「……侮辱ではありませんわ。事実を述べたままですから。平民風情《ふぜい》が私たち貴族と肩を並べようなんて、そもそもおかしなことではなくて？」

セレスは真っ向からミスラを見つめ返した。睨みつけたと言ってもいい。

だがミスラはそんな部下の態度に怯《ひる》むどころか、視線をより鋭く、冷たくする。

「私も人のことは言えないから、五七への敵意を隠すなとは言わない。でも身分を理由に彼女らを蔑むことは許さないわ。白銀の隊長として」

「ッ⁉」

隠れているラゼルは息を呑んだ。自分の直感が当たっていたからだ。

(やっぱり、あいつは俺たちを身分の上下で見てたわけじゃねえ。……でも、なんでだ? アンケルニアの貴族なのに、なんで俺と対等にケンカができる)

人間ができてるから……とは思いたくなかった。今まで大人げない意地の張り合いをしてきたのだ。今更そんな理由は認められない。

ミスラはため息を一つ。そして少し温度の上がった視線を部下に向けた。

「セレス……あなたも大演習で五七と戦ったでしょ? ならわかるはずよ。あいつらが、私たち白銀と互角の実力を持っていることを」

「それは……」

「私たちとやり方も考え方も違う。でも確かに私たちと同じくらい強い。

……まあ、本当は認めたくないのよ。あんな雑で、適当で、品のないやつの部隊と自分の仲間たちが互角だなんて。本当は!」

ミスラの語気が熱を帯びていく。思い出して怒りがこみ上げてきたらしい。

「でも事実として、私たち白銀は五七と決着をつけることができなかった。だから今は仮に、一応、暫定《ざんてい》的に、互角なの！」

（そこまで言わなくてもわかってるよ。……お互い様だ馬鹿野郎）

言ってやりたかったが、ラゼルは我慢して隠れている。そこまで言ってミスラも少しだけ落ち着いたらしい。大きく息を吐いた。

「少なくとも、私たちと五七の間に身分の違いで説明できる差はない。それが私の結論。あいつらに勝つために考えて出した答えよ。

私たちは同じ王禽騎兵《おうきんきへい》。小さなことに囚《とら》われていたら、勝てるものも勝てないわ」

「小さなこと？　アンケルニア貴族としての誇りが⁉」

これにはセレスも気色ばむ。だがミスラはまったく動じることなく。

「私たちが背負うのはアンケルニアという国の名前だけよ。白銀が五七に負けるということは、アンケルニア王禽騎兵《おうきんきへい》の流儀が敗北するということ。それだけは認めるわけにはいかない。

でも、それを守れるなら戦うのが貴族でも平民でも関係ない。アンケルニアの王禽騎兵《おうきんきへい》ならね。そして相手がどんな身分でも関係ない。王禽騎兵《おうきんきへい》ならね」

既にミスラはセレスを呑んでいた。それでもなお反抗的な目で自分を見る部下に、白銀の隊長は厳然と告げる。

「間違ってると思うなら、あなたが正しいと証明すればいい。方法を教える必要、ある？」

あるはずがない。彼女らは王禽騎兵《おうきんきへい》。強さを語るうえでの正しさは全て空にあるのだ。

物置の上でラゼルは顔をしかめた。

(なんて煽《あお》り方しやがる。……だが、それしかねえよな。俺たちは王禽騎兵《おうきんきへい》なんだから)

やっとわかった。ミスラが身分に関係なく真っ向からラゼルとケンカできる理由。

ミスラの根底には王禽騎兵《おうきんきへい》としての確固たるプライドがある。国を背負って戦う気概《きがい》がある。

そして単純に、自分こそ強いのだという原始的な意地がある。

同じ王禽騎兵《おうきんきへい》だから。理由なんて、それだけでよかったのだ。

「いつでもかかってきなさいよ、セレス。私は誰の挑戦《ちょうせん》でも受けるから」

(チクショウ……あいつ)

眩《まぶ》しく見えた。奥底《おくそこ》に響いた。つまらないことを考えていた自分が馬鹿馬鹿しく思える。

セレスは絶句していたが、やがて苛立たしげに踵を返す。取り巻きを連れて去っていく彼女を見送り、ミスラは「うーん」と首を傾げる。

「やっぱり、こういう言い方じゃダメかな。セレスには」

「ダメでしょ。最後はかなり脳筋だったし。意外と頭悪いよね、あんた」

「そうそう。頑張《がんば》ってはいるんだけど、我ながら根が脳筋……って、あら?」

振り返ると、小柄な少女はいつものようにぼんやりした目で見上げていた。ミスラは丸い小さな顔を見つめると、まっすぐに向き合って頭を下げる。

「さっきの非礼、セレスに代わって謝罪するわ。私も隊長としてできるかぎりのことはさせてもらうから、今日のところはこれで許してもらえないかしら」

粛々として、誠実。ミスラという少女の潔《いさぎよ》さが表れていた。

そんな彼女に対し、ハルの口から過激なフレーズは出てこない。代わりに、ぼんやりとした視線をしばらく泳がせてから。

「貴官の誠意に感謝と敬意を表します。戦騎長殿《せんきちょうどの》」

踵《かかと》を揃え、背すじを伸ばし。敬礼こそしなかったが、明瞭《めいりょう》にその言葉を紡《つむ》いだ。顔を上げたミスラが思わず目を瞬《まばた》かせたほど、きっちりとした感謝の言葉。

ミスラはしばし唖然とし、やがて小さく笑った。妹を見る姉のような顔で。

「なーんだ、ちゃんとした言葉遣《ことばづか》いもできたのね」

「当然でしょ？　あたしたち、あんたたちが思ってるほど馬鹿じゃないし。ラゼル以外は」

言うと、ハルは小走りに屋上庭園を出ていった。それは人間を警戒する野生動物のようで、これ以上の馴れ合いは御免だと言わんばかり。それでもミスラの表情は晴れやかだ。

「そうね……私の仲間だって、きっとそんなに馬鹿じゃないわ」

少なくとも、毎日ケンカをして叱られている隊長よりは。ミスラは静かに空を見上げた。

「次の騎乗訓練、いつだっけ」

空が好きだ。次にリーチェと飛ぶのは明日の午後。それまでは我慢と、ミスラが屋上庭園を立ち去ろうとした……その時。

「……よっ、と」

誰かが飛び降りてきた。庭園の隅にあった小屋の屋根から。

「な、な、な……なにしてんのよ、アンタ！」

自分のすぐ横に着地したのがラゼルだとわかると、ミスラは目を見開いて驚き、次いで訝《いぶか》しげに眉を寄せた。

「そんなとこでなにを……ていうかいつから？　ちょっと、どういうことよ。もしかして今までの全部、そこで……なにそれ、覗きの変態野郎ってこと⁉」

動揺してまくしたてるミスラに対し、ラゼルはしばらく黙ったまま空を見たり、足元を見たり。それから小さく「ふう」と一つ息を吐くと、チラリと横目にミスラを見て言った。

「俺も、同感だ」

「……は？」

目を丸くしたミスラ。ラゼルはそれ以上なにも言わず、屋上庭園を立ち去ってしまった。

残されたミスラにはわけがわからない。

「同感って……なによ」

まさか「覗きの変態野郎」のこと……じゃないわよね？

「お前が自分から書類仕事をしにくるなんて、珍しいこともあったもんだ」

モリシュが無駄口《むだぐち》を叩くのは、あらかた書類が片付いたからだ。ラゼルの執務机の右側に積まれていた書類の束はほとんどが左側に移動していて、副官はそれらが適切に処理されているか確認している。

「そろそろ終わりか？　結構かかっちまったな」

ラゼルは残り僅かになった書類をラストスパートとばかりに片づけにかかる。夕食後、いつもなら仲間たちとダラダラしている彼が自分から隊長室に来て仕事を始めた。それから三時間。消灯も近い。

「……もうこんな時間かよ。早くしねえと風呂《ふろ》に入れねえ」

「普段から溜《た》め込《こ》まなきゃ、もう少し楽なんだぜ？　隊長殿」

「なら……明日からはもう少しまめに片づけるか」

チラリと横を見る。本棚で作った壁の向こうに人の気配はない。隊長室を共有する白銀の隊長は「普段から溜め込まない」らしく、遅い時間まで書類と格闘《かくとう》する必要はないのだ。

しかしこのリアクションがモリシュを却って心配させた。

「どうした？　まさかどこかで頭でも打ったんじゃないだろうな？　医務室で診《み》てもらうか？」

「別にどこも悪くねえよ」

「自覚症状《しょうじょう》がないのはなおさらヤバいぞ」
「親身になって心配してくれる副官がありがたくて、思わず殴りたくなるぜ。頭なんか打ってねえ。……ただ、ガルラでやり合う以外のとこでも負けたくねえってだけだ」
言いながら再び本棚の向こうに向けたラゼルの視線。その意味の全てはモリシュにもわから
なかったが、「負けたくねえ」の相手は明白だ。
「よし、終わった。……消灯の前に風呂入りに行くか」
書類仕事で固まった肩をほぐしながら、ラゼルはモリシュを伴って隊長室を出た。
グリムロック城には小さな浴室から大きな浴場まで取《と》り揃《そろ》えられている。グリムロックスの
男女比は半々。一番広い大浴場は日ごとに男女が交代で使用することになっているのだが……。
「おいラゼル……今日は大浴場、女湯だぞ。俺らは東の第二浴場だ」
「大浴場の方が広いし、宿舎にも近いからちょうどいいだろ」
「いやいや、そういう問題じゃなくてな？　女湯だっつってんだよ」
「消灯間際《まぎわ》のこんな時間だぞ？　風呂入ってるやつなんかいるかよ。小心者も度が過ぎると損
するぜ？」
笑い飛ばしながら「本日女湯」の札がかかった大浴場に向かっていくラゼル。それでも「待
てって、おい」と追いかけたモリシュは小心者ではなく常識人だろう。だからこそ、なんの
躊躇《ためら》いもなく大浴場へ入っていくラゼルを中まで追いかけることはできなかったのだが。

「おーい、ラゼル。悪いこと言わないから戻れよ。……俺は止めたからなー？」

もう知らないぞ、と外で呆れる副官。せっかくの広い風呂を楽しまないなんて馬鹿なやつだと笑う隊長は脱衣場《だつい》に続く引き戸に意気揚々《いきようよう》と手をかけ、カラリと開いた。

「さぁーて、広い風呂を独り占め《ひとじ》……あ？」

「……へ？」

目が合った。今まで散々睨み合ってきた目と目が。

ラゼルの目の前に、ミスラ。ほこほこと湯気の立った、ミスラ。お風呂《ふろ》上りの、ミスラ。

艶やかな髪からタオルで水気を取っている最中の、ミスラ。

下着一枚すら着けていない、ミスラがいた。

「なん、で……？　今日、ここ……女湯……」

ミスラはなにが起きたのかわからないといった顔で固まっている。

自分を見つめるラゼルの視線、小さな黒目のおかげでわかりやすいその視線がゆっくりと顔から下へ――。

細く浮き出《うで》た鎖骨《さこつ》、タオルを持ち上げて晒された腋《わき》の窪《くぼ》み、若々しい張りを湛《たた》えたお椀《わん》型の膨《ふく》らみとその先端でツンと上向いた色づき、細くくびれた腰と小さなへそ、服の上からでは想像しえない豊かな曲線を描くお尻、そして本人が気にするほどには筋肉がつきすぎていないしなやかな太腿《ふともも》、指で押せば弾かれそうな瑞々《みずみず》しさのふくらはぎと、細い足首を支える愛らしい形のくるぶし。

——下へ順に辿《たど》ってから同じスピードで上まで戻ってきたのと同時に、ミスラの顔が朱《しゅ》に染まる。湯上りの温かさとは別の温度で胸元《むなもと》まで一気に染まっていく。

「アンタって、アンタって……ああ、そう……つまりあの『同感』っていうのは、覗きの変態野郎で合ってたってことね……」

驚きと恥じらいは心の錬金釜《がま》で瞬く間に反応を起こす。そこから生成されたのは、タオルで身体を隠すことすら忘れるほどの怒りだ。

一方、ラゼルもさすがに平静ではいられない。

(マズい、コイツはかなりマズい状況だ……大演習でもここまではっきりとデッドエンドが見えたことはねえぜ)

滲《にじ》み出《で》る脂汗《あぶらあせ》、震える指先。鼓動《こどう》が高まるのは魅力的な少女の裸身《らしん》を目の前にしているからではない。……いや、ちょっとウソついた。三割くらいは網膜《もうまく》に焼きつくほど眩しいミスラのハダカのせいだ。残り七割は本能が叫ぶ危険信号。全力アラート、脳内全域赤ランプ。

このままでは殺《や》られる。逃げるか？　ダメだ。ここまで怒ったミスラから逃げるには国外逃《とう》亡《ぼう》しかねえ。どうする？　どうする？

すると、追いつめられたラゼルの脳内に頼れる男の姿がよぎった。

そう、中佐だ。確か前に言っていた……。

——いいかラゼル。女絡《がら》みで死を予感した時は、とりあえず褒めろ。全力で褒めろ。そうすりゃ命までは取られない——

（わかったぜ、バインツ兄貴！）

アンタの教えに従って失敗したことはねえ。見てろよ……やってやる、やってやるぜ！

心の兄貴に固く誓《ちか》ったラゼル。ここまで僅か一秒。（国内新記録《ナショナルレコード》）

そして今にも飛びかかりそうな殺気を全身から……全裸《まっぱ》の全身から放つミスラに向かって。

「い……」

「い……？」

「いいカラダしてんじゃねえか！　特にケツの大きさと形が最高だ。安産型だなっ！」

「死ねエエエエエッッッッッッ！」

笑顔《えがお》で親指を立てて全力で褒めたラゼルの顔面に、ミスラの放った全力の蹴りが突き刺さる。

猟奇《りようき》的にゆがんだ悲鳴と、なにかがめり込《こ》む鈍い音。それを外で聞いたモリシュは。

「今回ばかりは全面的にお前が悪い！　大人しく殺されろ！　じゃあな！」

とばっちりは御免だと、その場を逃げ去った。

「おい、モリシュ！　助け……痛ぇっ！　ちょっ、待てミスラ！　悪かった、ごめん、ごめんって！　だから一旦《いったん》スト……ごはっ！　み、鳩尾《みぞおち》にダイレクト……ッ」

「死ねッ！　死ねッ！　今すぐ死ねッ！　速やかに死ねッ！　迅速に死ねッ！　さもなくばこ

の記憶《きおく》が入った脳みそを私の目の前ですり潰《つぶ》しなさいッ！」

「それもう死んでんだろッ！　つーか、服着ろ、な？　いろいろ見えてっから！」

「その両目を差し出せェエエエッッッ！」

結論から言うと、命は助かった。やっぱり兄貴は頼りになるぜ。

●

五七と白銀の隊長室は同じ部屋だが、教官の部屋は別々である。なので双方の隊長と教官が集まる必要がある場合、隊長室の隣にある会議室を使うことになっていた。

「その顔……どうかしたのかね？　ラゼル隊長」

いつも笑顔のゴズロムもさすがにたじろいだ。ラゼルの顔が絆創膏《ばんそうこう》だらけだったからだ。

「いや、その……これは……」

言葉に詰まるラゼル。すると隣から小さな咳払い。直立不動で涼しい顔をしたミスラから無言の圧力を感じる。

「……転んだだけです」

「転んだ？　ああ、城内にはまだ修繕《しゅうぜん》が済んでないところも多いからねえ。気をつけたまえ」

どこまで本気にしたのか知らないが、ゴズロムはウンウンとうなずいた。バインツとメリーエは二人の様子でなにかあったことは察していたが、あえて訊ねはしない。

そのバインツが、手にした書類に目を落としながら口を開く。

「お前たち二人を呼び出したのは、五七と白銀が共同で行う演習についての通達を行うためだ」

「演習？　任務であることは承知していますが……またやるんですか？」

「や、今回は違う……私の提案ではないよ。勘違いしないでくれたまえ」

白けた視線をミスラに向けられ、慌てる紳士。メリーエは愛用の眼鏡を静かに光らせた。

「今回の演習は当初から予定されていたプログラムです。グリムロックスの開校から一ヶ月を目途《めど》に、ゲストを招いて成果を披露《ひろう》します」

「ゲスト……見世物にされんのかよ」

「いやいやいや、そんな低俗《ていぞく》なものではないよ」

ゴズロムはラゼルに向かって人差し指を振って見せると、得意げに胸を張った。量感のあるお腹を突き出しているようにも見えたけれど。

「この演習に招待されるゲストはＶＩＰ中のＶＩＰ……ジュスト共和国大統領と、アンケルニア帝国皇帝の代理を務める第一皇子殿下だ。つまり両国の首脳《トップ》というわけだな。見世物だなんてとんでもない。アンケルニア流に言えば、これは御前試合《ごぜんじあい》だよ」

「御前試合……殿下の前で」

ミスラが息を呑むのがラゼルにもわかった。だが彼にその重みは実感できない。

「そんな超VIPの前で、今度はなにをさせるつもりです？　そりゃあ、命令だと言われれば協力でもなんでもしますけど……」

「前回の反省はしているようだが、たとえ芝居《しばい》でもお前たちが協力できるとは思ってない。すぐにボロを出して笑いものになるのがオチだ」

「ぐぬ……」

「……返す言葉もないわね」

バインツによる客観的すぎるほど客観的な分析に揃って顔を引きつらせる二人の隊長。

だが心配は無用。彼らの教官は優秀である。抱えた問題をそのまま利用することを考えられる程度には。

「今回の演習では、あなた方に協力し合うことを求めません」

貞淑《ていしゅく》にして峻厳《しゅんげん》な軍人淑女《コマンドレディ》。メリーエは古風な眼鏡の奥から鋭い視線を二人に向ける。

「演習の内容は実戦形式の模擬戦。五七と白銀のどちらかが全員脱落するまで……いえ、相手を全て墜とすまで戦ってもらいます。すなわち、実戦演習です」

この言葉に、ラゼルとミスラは揃って目を見張る。瞳を輝かせ、グッと拳を握ったラゼル。対してミスラの表情は硬く、奥歯《おくば》をきつく噛みしめていた。

実戦演習。それは、つまり……。

「大演習の決着がつくまで馴れ合う気がないというのなら、決着をつけさせてやる。言い逃《いのが》れもできないほどの大きな舞台で、文句も言えないほどの立会人をつけてな」

バインツの宣告が、二人の心に火をつける。

これも乙女の意地ですわ

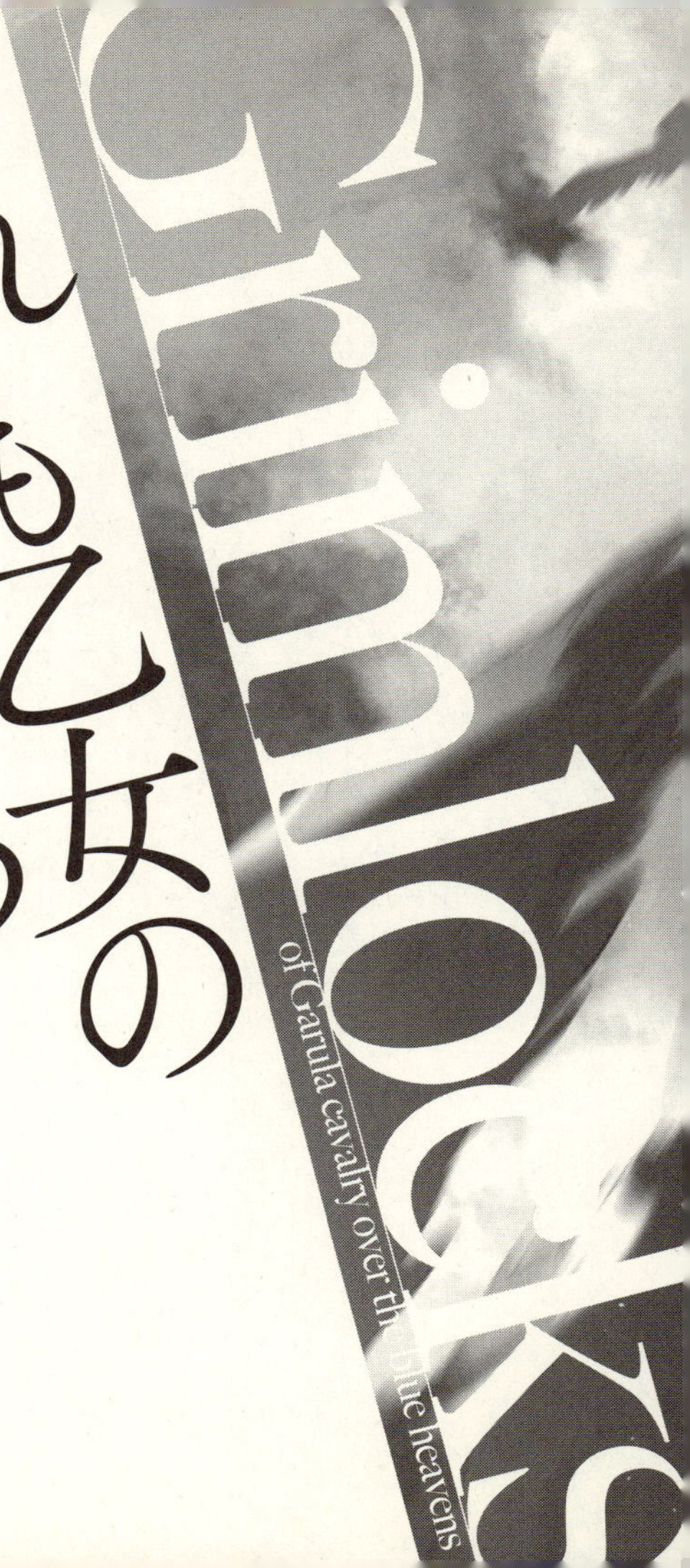

グリムロック統合王禽騎兵《おうきんきへい》学校、通称グリムロックス。その第一目的はジュストとアンケルニアの友好と協調のため、若い人材を育成することである。多分に建前も含まれてはいるが、それが大前提だ。

だから訓練や演習の内容はなんであれ「協力する」のが基本であり、不用意に競争意識が煽られるような内容にならないよう留意することは事前に申し合わされていた。

だとすれば、バインツとメリーエが打った手は「禁じ手」と言っていい。

実戦演習。それも互いを敵として真っ向から戦わせるというのだから。

「待ってたぜえ……この時を」

会議室を出たラゼルは全身に期待と興奮を漲《みなぎ》らせていた。

「友好だ協調だとクソ退屈《たいくつ》な建前ばかりを押《お》し付《つ》けられていい加減ストレスが溜《た》まってたんだ。実戦演習は堂々とやり合える大義名分ってやつだろ？　これで白黒ハッキリと……ん？」

妙だ。いつもならズケズケと口を挟んでくるミスラがなにも言わない。共に会議室を出たラゼルの隣で黙り込んでいる。

「おい……なに黙ってんだよ。テメーだってテンション上がるだろ？」

「……そんなわけないでしょ。アンタと一緒にしないで」

なんともそっけない。一人でヒートアップしていたラゼルとは正反対に冷めている。

「ンだよ、ノリ悪《わり》いな。五七《ゴーナナ》との決着をつけたかったんじゃねえのかよ」

俺との、とはさすがに言わなかった。ラゼルだって自意識過剰《かじょう》という言葉は知っている。だが同時に確信もあったのだ。ミスラもこれを望んでいたはずだと。……だというのに。

「だから、アンタと一緒にしないでって言ってるでしょ。今回の演習にそんな個人的なモチベーションを持ち込《もこ》むつもりはないわ」

「なんだとぉ……？」

　これにはラゼルもカチンときた。ミスラは冷淡で、これではまるでラゼルが一方的にライバル心を抱いているかのようだ。

「真面目ぶってくれるな、オイ。もしかしてコズロムのオッサンが言った『御前試合』ってやつを意識してんのか？」

　詰め寄ると、形のいい眉がピクリと反応した。大きく息を吐いた彼女の表情は硬く厳しい。

「当然でしょ。第一皇子殿下の前で戦う以上、勝利は当然。無様な戦いも見せられないんだから。……ジュストの人間にわかってもらおうとは思わないわよ」

「皇子殿下、ねえ。……まさかお前、皇子様の前でいいところ見せて、お近づきになって、あわよくば求婚《きゅうこん》なんかされてお妃《きさき》様に、とか狙ってんじゃねえだろうな？」

「そうよ。悪い？」

「そうかそうか、やっぱりなー。シンデレラストーリーってのは夢があるもんなー。しかしアレだな、ガルラに乗ったシンデレラっつーのも……なんだと？」

半分乗りかけたところでラゼルの目が点になった。開いた口もふさがらないままミスラを見ると、さっきまで厳しく引《ひ》き締《し》まっていたその頬がほんのりと赤くなっている。

「テメー……マジで言ってんのか？」

「……ッ！」

ミスラはラゼルを押しのけて駆け去る。赤くなった顔を隠して逃げるように。残されたラゼルはその場に立《た》ち尽《つ》くした。

「……マジかよ、オイ」

会議室から出てきたバインツたちに発見されるまで、呆然と立ち尽くしていた。

●

国境線で真っ二つに分けられた隊長室。机に向かうラゼルはへし折れそうなほど激しくペンを走らせる。

「ミスラの奴、なーにが『個人的なモチベーションを持ち込むつもりはないわ』だ。テメーの方がよっぽど個人的じゃねえか、ふざけやがって」

書きつけているのは訓練のスケジュール。実戦演習までの二週間に詰め込めるだけ詰め込むつもりらしい隊長を、応接用のソファに寝転んだハルが鬱陶しげに見ている。

「……なにブツブツ言ってんの？　ラゼル」

「なんていうのかね……今まで両想《おも》いだと思っていた相手が、自分のことを無視して他の男に夢中になっちゃった、みたいな？」

「うるっせえぞモリシュ！　テメーは吐くまで筋トレだ。ここに書いといてやる」

「ガキみたいな職権乱用すんな。……聞くところによると、アンケルニアの第一皇子ってのは文武両道、才能も人望もフルセットでオマケにかなりの美男子《イケメン》。いずれ即位《そくい》すればアンケルニアに黄金時代を築くこと間違いなしの次期皇帝陛下だ。そりゃあ、いいところを見せたくもなるよな」

　自分も応接セットでくつろぎつつ、モリシュはチラリと国境線の向こうへ目をやる。そこにはミスラもマリーもいない。模擬戦までは宿舎の一室を隊長室にすると言って出ていった。情報の漏洩《ろうえい》を危惧《きぐ》したのだろう。彼女らは本気、まさしく実戦を想定している。

「俺らには想像することしかできないけど、アンケルニアの貴族にとってはそれこそ人生が変わるくらいのビッグイベントなんだろ、御前試合って」

「そりゃそうだろうけどよ！　ムカつくだろ。真っ向勝負しようって相手が全然違うところを見てりゃ、ナメられてると思うだろ！」

　アンケルニアの名誉を背負って戦う。屋上庭園で聞いたミスラの言葉を知っていれば、気負うのもおかしなこととは思わない。

しかし、しかしである。

「なにが第一皇子殿下だ、知ったことかよ。人生が変わる？　シンデレラストーリーに目が眩《くら》んだ色ボケ女になんざ絶対負けねえからな。ガラスの靴《くつ》を目の前で粉々にしてやるぜ」

「強化ガラスじゃないといいけどね」

「うるっせえぞハル！　テメーは泣くまで持久走だ。ここに書いといてやる」

「うわ、八つ当たり。狂犬病《ビョーキ》持ちの野良犬の腐った×××でケツ掘《ほ》られて死ねばいいのに」

口をへの字に曲げてドン引きのハル。相変わらずブツブツ言いながらスケジュールを埋めていくラゼル。そしてモリシュは一人、首を傾げていた。

（シンデレラストーリー……皇子様の玉の輿《たまのこし》、かあ。ミスラ隊長がそんなもの狙うか？　こいつは、マリーさんに訊いてみた方がいいかもな）

隊長室は分かれてしまっても、副官同士の情報交換《馴れ合い》は健在だ。

●

同じ頃、白銀乙女騎士団《シルバリオン・キャバルリー》のミーティングでちょっとした事件が起きていた。

「部隊内での模擬戦、ですか」

訊き返したミスラに頷くメリーエ。白銀《シロガネ》の隊員たちの間にもざわめきが広がる中、古風な眼鏡の淑女軍人《コマンドレディ》はよく通る声で説明する。

「今回の演習が持つ意味が重いことは説明するまでもないでしょう」

見渡す視線に鎮《しず》められるように、ざわめきの波が引いていく。

「実戦演習で求められるのは今よりなお高い練度と強い気概。そのためにも現時点における個々の実力と部隊内の序列を明らかにすべきである。……これは、複数の隊員より提案されたことです」

その「複数の隊員」にミスラは思い当たる節がある。チラリと視線を向けた先、同じようにこちらの表情を窺うセレスと目が合った。

次に来る言葉の重みを教えるように、メリーエはわずかに間をおく。そして。

「この模擬戦の結果により、白銀乙女騎士団《シルバリオン・キャバルリー》の隊長を新たに任命します。軍歴《キャリア》、階級《クラス》、役職《ポスト》に関係なく、現在の白銀で最も強い王禽騎兵《おうきんきへい》が白銀の全権を握る」

隊員たちに広がったのはざわめきではなくどよめき。セレスまでもが驚きに目を見開き、膝《ひざ》の上で強く拳を握った。

「フィントクルム戦騎長……現隊長としての意見があれば、今ここで述べなさい」

レンズの向こうから自分を見つめる視線。隊長の交代という突然の宣言にはミスラも驚いたが、この少女は王禽騎兵《おうきんきへい》隊の指揮官を務める胆力《たんりょく》の持ち主だ。

「問題ありません、連騎長《れんきちょう》。強い王禽騎兵《おうきんきへい》こそ、王禽騎兵《おうきんきへい》隊を率いるに相応しい資質を備える。

私たちはそのことを知っています。私に今一度隊長としての資質を示せと仰るなら、連騎長《れんきちょう》のご期待に応えてご覧にいれるだけです」

「期待？　……勘違いをしないで、戦騎長」

すらすらと答えて見せたミスラに対し、メリーエは目を細めた。鋭さを増した視線にミスラは背すじが冷たくなる。……だから怖いって、その目は。

「私が求めているのはあなたの勝利ではなく、最も強い王禽騎兵《おうきんきへい》の選抜。そしてそれによる実戦演習の勝利です。先ほど言った通り軍歴も階級も問いません。対象者は騎乗資格を持つ全ての隊員。各自、準備を怠《おこた》らないように。以上」

教官が退室すると同時に白銀の隊員たちは騒がしくなった。ガルラに乗る全ての隊員にチャンスがある。御前試合で、皇子の目の前で白銀を率いて飛ぶチャンスが。

目の前に戦意を漲らせるセレスが立つ。ミスラは薄く笑みを浮かべた。

「確かに私は誰の挑戦でも受けるって言ったけど。……どこまでがあなたの差し金？」

「模擬戦を行う、というところまでですわ。そこであなたを倒して、実戦演習で編成の主導権を握るつもりでしたの……けれど」

長い髪を払い、セレスはその指先をミスラに突きつけた。

「ここではっきりと宣言しておきますわ、ミスラ・フィントクルム。私は模擬戦であなたを倒して白銀のナンバー1となり、白銀乙女騎士団《シルバリオン・キャバルリー》の隊長となってみせます！」

「私から隊長の座を奪うつもり？　……ふーん」

ミスラはまだ笑っている。だが、口元だけだ。すぐ隣にいるマリーは青い瞳に宿った炎で肌を炙《あぶ》られているかのよう。ミスラが、熱を放っている。

「その挑戦、受けてあげる。言っておくけど、負けるつもりは微塵もないから」

そうだ。……こんなところで、負けてなんていられない。

●

「もう昼飯だってのに、まだやってんのか」

ラゼルの頭上を飛び回る白銀のガルラ。一対一の模擬戦は実戦さながらだ。

それは訓練中だけではない。模擬戦の開始から数日が経つが、廊下でも食堂でも中庭でも、白銀乙女騎士団《シルバリオン・キャバルリー》に漂うピリピリした空気が伝わってくる。

模擬戦で白銀の新たな隊長を決めるという話はモリシュから聞いた。しかもハルに絡《から》んでいたセレスとかいう女がミスラに宣戦布告、それに感化された白銀の隊員たちの気合の入り方は尋常《じんじょう》でないらしい。

（皇子様の前でいい恰好しようっていうお嬢様の見栄《みえ》か？　くだらねえ……）

ラゼルとしては、あの緊張感を間近で見せられている仲間に変な影響《えいきょう》が出ないか心配だ。

「身内でバチバチやり合うのは五七《うち》のカラーじゃねえ。そのへんを勘違いする奴が出なきゃいいが……ん？」

ちょうどいいのか悪いのか、モリシュが数人の隊員たちに囲まれて建物の裏へ連れていかれるのが見えた。昼時にはまっさきに食堂へ向かう五七の隊員がそれを差し置いてモリシュになにをしようというのか。

「あいつら、まさか……」

心当たりならある。白銀の模擬戦についてラゼルに教えたのはモリシュだが、そのモリシュはマリーから話を聞いたのだ。白銀の緊張感に感化され、かねてから噂になっていた副官同士の馴れ合いを快く思わない者たちが出てきてもなんらおかしくはない。

「おいおい、マジでか……？」

隊長として見過ごすわけにはいかないだろう。ラゼルはそっと後をつけ、様子を窺う。モリシュを連れてきた隊員たちは彼を壁際《かべぎわ》に立たせると、逃げられないよう取り囲んだ。

「モリシュ……お前、最近昼飯の時に食堂からいなくなるよな？　どこで飯食ってんだ？」

「いや、それは……」

「ああ、下手な嘘《うそ》は必要ねーぜ。俺たちゃ知ってるからよ。……お前が白銀の副官ちゃんと一緒にテラスで仲良くランチしてんの」

「知ってるならなんで訊いたんだよ」

「うるせえな！　こういう時はそれなりの段取りとか流れってもんがあんだよ！」

モリシュの冷静なツッコミに気色ばむ隊員たち。すぐに気を取り直し、凄《すご》んで見せた。

「情報交換だかなんだか知らねーけどな。隊長の副官ともあろう男がよ、敵である白銀のお嬢様と仲良くランチだと？　どういうつもりだ」

ジリ、と囲みを狭《せば》め、モリシュの顔を間近で睨みつける。

「どういうつもりだって訊いてんだろうがよ」

さらに狭まる囲み。

「モリシュ、まさかお前……」

凄みを増す視線。そして。

「一人だけ彼女作って幸せになろうとしてんじゃねーだろうな!?」

「……は？」

「……は？」

ポカンと口を開ける。囲まれたモリシュと隠れて見ているラゼルのリアクションは同じだった。堰《せき》を切ったようにモリシュへ詰め寄る隊員たち。

「ふざけんじゃねえってんだ。相手がアンケルニアだろうと白銀だろうと知ったこっちゃねえが、俺らを差し置いて幸せ摑もうなんて許さねえぞ！」

「人畜《じんちく》無害な顔でしれっと彼女を作る……テメーは俺たち五七の仲間を裏切った！」

「裏切り者には血の報《むく》いを受けさせるのが五七の掟《おきて》だ！」

「次から空を飛ぶ時には背中に気をつけるんだな、この童貞野郎《どうていやろう》」

「揃いも揃って勝手なことばかり言うな！　てか、童貞は関係ないだろ！　怒るぞ！」

モリシュは嫉妬《しっと》に駆られたあさましき男たちに抵抗《ていこう》を試みるが……。

「大体、俺とマリーさんは別にそんなんじゃ……」

「はい出たー。『別にそんなんじゃない』出たー。そのセリフを吐いて本当にそんなんじゃなかった奴は歴史上存在しねぇ！」

「つーかお前、もうちょっと空気読めよな。俺らみたいな心優しいジェントルメンならともかくよ、あんなピリピリしてる白銀の女どもの中で副官ちゃんが肩身《かたみ》の狭《せま》い思いでもすることになったらどーすんだよ！　可哀想だろ！」

「ったくテメーって奴はダメだわ！　ホンットダメだわ！　この童貞野郎！」

「だから！　童貞は！　関係ないだろッ！」

唾《つば》を飛ばして言い合う男たちを後目に、ラゼルはそっとその場を立ち去ることにした。

(大丈夫だ。うちは全ッ然大丈夫だ)

嗚呼《ああ》、愛すべき馬鹿野郎ども。ほんの一瞬でもお前らの心配をした俺こそ馬鹿だった。

さあ、とっとと昼飯にしよう。呆れながらも意気揚々と食堂へ向かう。すると。

「じゃあ、予備の食糧庫《しょくりょうこ》はこちらで使わせてもらうからね。搬入《はんにゅう》の際には間違えないよう、注意してくれたまえよ！」

食堂の職員に念を押し、手にした書類の束をめくりながら出てくる紳士と鉢合《はちあ》わせした。

「忙しそうだな、教頭先生」

「おお、ラゼルくんか。……中佐たちのいないところでは『オッサン』でも構わんよ。私は軍人じゃないからね」

ニッコリと笑う。相変わらず人の良さそうな顔をしたゴズロムだが、ラゼルの言った通り最近は忙しそうに走り回っている姿をよく見かける。

「いやもう大変だ。実戦演習まで一〇日を切って、明後日《あさって》には警備の部隊が到着《とうちゃく》するからね。ジュストとアンケルニアから歩兵と騎兵《きへい》が二個大隊、王禽騎兵《おうきんきへい》一個中隊。これでも足りないから、個人的にも伝手《つて》を頼ってかき集めてる。受け入れの準備だけで大仕事だよ」

「個人的な伝手？　そんなもんまであるのか」

「おおっと……今のは聞かなかったことにしてくれたまえ。正直、ジュスト軍とアンケルニア軍の調整に苦労させられていてね。正規の手続きだけでは時間がかかりすぎるんだ。……本当なら十分に足りるはずだったんだが、ゲストのレベルが上がってしまったし」

参ったよ、と苦笑いでため息をつくゴズロム。

「両国の首脳が揃うなんて、予定外だ。しかも五七と白銀の直接対決ときてる。……きみとしては、願ったり叶《かな》ったりなのかもしれないが？」

「そりゃ、まあ……」

「お、また始まったぞ」

珍しく言葉を濁《にご》したラセルを気にもせず、ゴズロムは空を見上げる。つられてラゼルも見上げると、上空では白銀の模擬戦が再び始まっていた。

「あれは……」

一対一で飛んでいるうちの一騎《いっき》が誰か、すぐわかる。青空に鮮やかなの軌跡を描く緋色の王《おう》禽騎兵《きんきへい》。ミスラとリーチェだ。他の白銀隊員たちと明らかに違う速さと反応のよさ。

「いやあ、気迫が伝わってくるじゃないか。隊長の座を懸けるなんて突拍子《とっぴょうし》もない話だと思うが……アフラン連騎長《れんきちょう》も、今回は彼女らをとことん追《お》い込《こ》むつもりだろうね」

「どういう意味だ？」

「さっき言っただろう？　ゲストのレベルが上がってしまった、と。

当初は両軍の高官を主賓《しゅひん》にする予定だったところを、大統領と第一皇子殿下なんていう超VIPを招待することになってしまった。これを提案したのはアフラン連騎長《れんきちょう》だよ。しかもすんなり実現したあたり、事前に根回ししてたんだろうなあ」

「あのおっかねえ美人が？　あの人も皇子の前でいい恰好してえのか？」

「前に言っただろう。彼女もアンケルニア貴族だと。個人的に考えていることもあるんだろうが……今の彼女は強気で、強引だ。油断できないぞ、ラゼルくん」

最後はやはり笑いながら去っていくゴズロム。ラゼルは空を見上げたまま。

上空では緋色の王禽騎兵《おうきんきへい》が対戦相手の攻撃を容易く躱し、すぐさま背後に回り込んで衝撃槍《インパクトランス》で一撃。勝利を収めた。

三白眼の中の小さな瞳は模擬戦を終えて地上へ降りていくリーチェを追う。

「なんか調子悪そうだな……アイツ」

確かに速く、鋭い。しかしどこかいつものミスラと違う気がする。何度となく鎬《しのぎ》を削ってきたラゼルの目に、今の彼女は精彩《せいさい》を欠いて見えたのだ。

「皇子の前でいい恰好しようと思ったら部下に噛みつかれて、焦《あせ》ってやがんのか？」

なら好都合だ。仲間内で潰し合ってくれれば、こっちもやりやすくなる。

●

「ラゼル、ちょっといいか？」

モリシュに声をかけられたのは、その日の訓練を終えて厩舎に戻る途中だった。ラゼルはデュロッサと共に湖の畔へ降り、疲れた相棒に水を飲ませながら頭を撫でてやる。

みっちりと飛んだ後だ。デュロッサは喉を潤《うるお》す水の冷たさと優しく撫でるラゼルの手の心地よさに目を閉じ、禽具《プロテクター》を着けたままの翼を震わせた。

モリシュも自分のガルラを休ませつつ、「ちょっと」の中身を切り出す。

「ミスラ隊長のことなんだけど……どうも具合がよくないらしい」

ラゼルはキョトンとし、すぐに「ヘッ」と意地悪く笑った。

「なんだアイツ、飛び方にキレがねえと思ったら。風邪《かぜ》でもひいたのか」

「ああ、いや、そうじゃない。……言い方が悪かった。具合が悪いのはミスラ隊長本人じゃなくてガルラの方、リーチェだ」

「あん？　なんだ……禽《とり》の方かよ」

本人ならともかく、ガルラのことだと言われると顔から意地悪さが減る。

「環境《かんきょう》が変わって、ストレスが溜まってたんだろう。三日前からほとんど餌を食べないらしい。なんとか模擬戦はこなせてるけど、これ以上は厳しいな」

「環境の変化なんか言い訳にもならねえよ。見ろ、俺のデュロッサは健康そのものだ。明日の朝一で首都《ジュスターク》まで飛んで大統領を乗せろって言われりゃその通りにしてみせるぜ」

子供レベルの見栄を張るラゼルだが、デュロッサは冗談じゃないとばかりに頭を振って彼の手を払いのけた。賢《かしこ》いガルラである。

「オイオイ、冗談だって。つーか、ミスラが甘やかしすぎなんじゃねえの？『私のリーチェ』とか言いやがってよ」

「お前だって、たった今『俺のデュロッサ』って言ったぞ」

「そこは聞き流せよ。……結構なことじゃねえか。白銀にミスラ以上の敵はいねえ。そいつが不調だってんなら、実戦演習の勝ちはもらったようなもんだな」

笑い飛ばす。だがモリシュは呆れるような困ったような、微妙な苦笑を浮かべていた。

「演習の前に、模擬戦であのセレスって子に負けるかもしれないぞ。そうなったらミスラ隊長が演習のメンバーから外される可能性すらある」

それでもいいのか？　まるで子供を諭《さと》すような言われ方にラゼルは「チッ」とあからさまな舌打ちをすると、歯を剥いて怒鳴った。

「それが俺になんの関係があるってんだ！　回りくどいぞ、モリシュ！　……それともお前、まさか本当にあの副官ちゃんに誑《たぶら》かされてんじゃないだろうな？」

「そうじゃない。実戦演習は五七と白銀が決着をつける絶好の機会だ。いや、俺たち以上にお前とミスラ隊長の決着をつけるチャンスなんだよ。だから……」

「ああそうだな。俺たちの決着がつけば、お前は堂々とマリーを口説けるもんな！　でも気をつけろよ？　心優しいジェントルマンの俺ならともかく、他の連中がそんな抜《ぬ》け駆《が》けを許すとは思えねえぜ。この童貞野郎」

「お前……っっ、ああもう！　俺はお前のためも思って言ってんだぞ、ラゼル！」

珍しく予告なしに怒ったモリシュ。意固地になったラゼルは手近な木を苛立たしげに蹴る。

「知ったことか！　俺との決着？　あいつはそんなもん見ちゃいねえ。皇子の前でいい恰好して玉の輿に乗るために必死なんだ。馬鹿馬鹿しくて相手にする気も起きねえよ！」

「それだけどな、ラゼル。本当にミスラ隊長がそんなこと言ったのか？」

「……なんだと？」

「マリーさんに訊いてみたんだ。……お前が言ってたようなこと、聞いたこともないってさ。視察で皇子が来たこともあったけど、ミスラ隊長にそんなそぶり全然なかったって」

「そんなもん、お前、それは……」

勢いを削《そ》がれて口ごもるラゼルに、モリシュはじれったいとばかりに詰め寄った。

「じゃあ、逆に訊くぞ。お前はミスラ隊長がそんな理由でガルラに乗る人だと思うか？」

「ぐっ……」

今度こそ、ラゼルは反論の言葉を失う。しかしモリシュに向かって怒鳴った手前、そう簡単に折れることができない。まったく、素直ではないのだ。

「あ、あいつがどんなつもりでガルラに乗ろうと、俺には関係ねえ。白銀に負けるわけにはいかねえんだ。調子が悪いってんならそのままセレスに負けてくれた方が……痛ぇっ!?」

愚痴《ぐち》めいた言葉をブツブツ吐き出すラゼルの脳天に強烈《きょうれつ》な一撃が叩き込まれた。その犯人はのんびり水を飲んでいたはずの……。

「デュロッサ……なにすんだよ」

「叱ってるんだろ、お前が馬鹿すぎるから」

呆《あき》れ顔《がお》のモリシュの言う通り、睨む主人の三白眼を黒いガルラは低い鳴き声で叱る。

ラゼルの苛立ちは素直になれない彼のプライドだ。本当は自分がどうしたいかわかっているくせに、意地を張っているだけ。

デュロッサは自慢の嘴で頭の悪い主人にそれを教えてやった。ちなみに、ガルラの嘴なら人間の頭を割るくらい簡単なこと。賢いガルラはちゃんと手加減している。

デュロッサを睨み返したラゼルだったが、やがて根負けして大きく息を吐く。

「ったく、そんなにリーチェと戦《や》りてえか。……デュロッサがそう言うなら、仕方ねえ」

「仕方ないのはどっちだか……」

肩を竦めるモリシュ。気の抜けた鳴き声を漏らすデュロッサ。口をへの字に曲げたラゼルは吼えるように命じた。

「モリシュ！　どうせお前、マリーからもっと詳《くわ》しい話を聞いてんだろ？　全部教えろ！」

言うが早いか、ラゼルはデュロッサの背に跨っている。

●

ミスラが五歳の時に卵から孵《かえ》ったそのガルラは他の雛鳥《ひなどり》より小柄で、ひ弱で、最初の冬を越せずに死んでしまうだろうと言われた。

だがその緋色の毛並み、そして幼い翼に浮かぶ白い模様に一目《ひとめ》惚《ほ》れしたミスラは一生懸命《いっしょうけんめい》に愛情を注ぐ。そして迎《むか》えた春以来ずっと、「粉雪《リーチェ》」と名付けられたガルラはミスラと一緒だった。

強い信頼関係が優《すぐ》れた王禽騎《おうきんき》兵《へい》の条件であっても、それだけで真に優れた王禽騎《おうきんき》兵《へい》たりえない。白銀乙女騎士団《シルバリオン・キャバルリー》の隊長、それは彼女らが共に積み重ねた努力の結果に他ならないのだ。

だからこそ、誰にも負けたくなかった。敵であっても、仲間であっても。

日は沈んで、厩舎の中に吊《つ》るされたランプが灯される。厚く積まれた干し草の上に座《すわ》り込《こ》んだリーチェは力なく頭を揺らし、苦しげな表情で時折深く息を吐いた。

「申し訳ありません、ミスラ様。もっと早く気づいていれば……」

「仕方ないわ。我慢《がまん》強《づよ》いから、この子は。……今日は私がついてるから、もう休んで」

王禽飼育士《トレーナー》を下がらせる。厩舎にはミスラとリーチェ、そして愛らしい顔を心配そうに曇《くも》らせるマリーが残った。

「ミスラ様。もしかすると、誰かがリーチェに……」

「それはどうかしら。この間の一件以来、厩舎の出入りもガルラの餌や藁も厳しくチェックしてる。……この子は元々こういう体質よ。知ってるでしょ？」

「それは、そうですが。先日の件も、結局は決定的な証拠や犯人を掴めていません。最悪の事態も想定した方が。それに、明日は……」

副官の心配も尤《もっと》もだ。だがミスラは気丈《きじょう》に微笑んでみせる。

「ありがとう、マリー。あなたももう休みなさい。私は大丈夫だから」

ミスラにそう言われては、マリーも従うほかない。何度も振り返る彼女を見送り、ミスラは大きなため息をついた。

「疑心暗鬼《ぎしんあんき》、というやつね。マリーには心配させてばかりだわ」

リーチェが休むこの禽房《ストール》にガラス片が撒かれた事件以来、小さなミスやトラブルにも敏感に対処してきた。自分たちに向けられる悪意を見逃さないように。

そこに加えて実戦演習と、メリーエが持ち出した白銀内部での模擬戦。少女たちの心身にかかるストレスは増していくばかり。マリーが疑心暗鬼にかられるのも当然だろう。

「それにリーチェ……あなたにも」

ミスラはリーチェの頭を優しく抱きしめる。

リーチェは逞しく成長したが、生来の体質は克服《こくふく》できなかった。心身にストレスが蓄積《ちくせき》すると体調を崩《くず》す。それでいて負けん気が強いものだから、気を張って疲れを隠してしまうのだ。

「わかってたはずなのに。……ごめんね、気づいてあげられなくて」

伏せる顔、漏れる吐息《といき》が重い。

ストレスということなら、おそらく誰よりもミスラにそれがのしかかっている。

実戦演習は第一皇子の目の前で行われる御前試合。以前から反抗的だったセレスがはっきりと宣言した挑戦。彼女を退けても待ち受けるのはさらなる強敵、ラゼルとデュロッサ……。

積み重なるプレッシャーが知らず知らずのうちにミスラを疲弊《ひへい》させ、誰よりもリーチェのことをよく知っているはずの彼女の目を曇らせた。

「これじゃ、あの馬鹿が言った通りだわ。おまけにセレスは私を倒す気満々だし」

明日、模擬戦最終日の相手は打倒ミスラに燃えるセレスだ。いくらミスラとリーチェが抜きんでた実力を持っているとはいえ、厳しい戦いになることは避けられない。

(こんな時にリーチェの不調を見落とすなんて……)

情けない。悔しい。なにより自分が許せない。ミスラはリーチェの嘴を優しく撫でながら、ポツリとつぶやいた。

「明日、セレスは本気で来る。勝てないかもしれない。もしかすると、あなたに怪我《けが》をさせるかもしれない。それなら、いっそのこと……」

この言葉をリーチェは鋭い鳴き声と共に振り払う。人間の言葉はわからない。だが賢いガルラは主人がなにを言っているのか理解するのだ。

情けないことを言うな。そう言われている気がしてミスラは思わず泣きそうになった。

「わかってるわよ。……わかってる、けど」

負けん気が強いのはリーチェだけではない。だが今、グリムロックスへの入校以来ずっと気を張っていたミスラが初めて弱気になっている。

ぼんやりとしたランプの明かりの中でリーチェに寄り添《よそ》い、このまま眠ってしまおうかと目を閉じかける。だがそこにもう一つ、ゆらゆら揺れるランプの明かりがやってきた。

「なんだ、ガルラの世話は飼育士《トレーナー》に投げっぱなしかと思ったのに、自分で看病してんのかよ」

「ラゼル……？」

てっきりマリーが戻ってきたのかと思ったミスラは唖然とする。しかもラゼルはデュロッサを連れて現れた。ランプの明かりが揺れていたのは、夜の闇《やみ》に溶《と》ける漆黒のガルラが嘴にぶら下げていたからだ。一緒に大きなバケツも咥えている。

「な、なにしてんの。ここは白銀の厩舎よ？　出入りは厳重に……って、そうか。今は私しかいないんだった」

目尻《めじり》に溜まっていた涙《なみだ》を咄嗟に拭《ぬぐ》い、ミスラはリーチェを守るように仁王立《におうだ》ち。ラゼルを前にすると不思議と気持ちが奮い立つ。気を張っているのとは違う、妙な力が湧いてくるのだ。

「なんの用？　ガルラと一緒に迷子かしら？」

「んなわけねーだろ。ガキ扱いすんな。……ちょっと、そこどけ」

ラゼルはデュロッサからランプとバケツを受け取って足元に置くと、ミスラを押しのけてリーチェの頭に手を伸ばす。煩《わずら》わしげに逸らそうとする嘴を捕《つか》まえ、少し強引に撫でてやった。

「そんなに嫌うなよ。ほら、嘴開けてみろ」

チチチ、と雛鳥をあやすように舌を鳴らすラゼルの横顔を見て、ミスラはそれが別人ではないかと思った。今まで見たどんな彼の表情よりも優しく、穏やかだったからだ。

（誰のガルラかなんて関係ないのね……ラゼルには）

ラゼルに誘《さそ》われ、リーチェは根負けしたように嘴を開く。ラゼルはその中を慎重《しんちょう》に覗《のぞ》き込《こ》み、そっと手を伸ばして舌に触れた。幾分《いくぶん》硬く、湿《しめ》り気《け》が少ない。

「舌が乾《かわ》いてるな。ストレスで胃が弱ってんだろ……よし」

思っていた通りだ、とラゼルは持ってきたバケツに詰め込まれた緑色の葉野菜を一掴《つか》み取《と》り出す。ガルラの餌らしいが、ミスラが見たことのない野菜だ。

「ほら、コレ食ってみろ。ほーら、ほーら」

リーチェの目の前で振ってみるも、反応はなし。するとラゼルは「仕方ねえな」と苦笑いして、自ら緑色の野菜にかじりついた。

「おお、生だとやっぱ苦えし辛《かれ》え……どうよ、別に毒なんか入ってねえから食ってみろって」

「あのね、リーチェは賢い子なの。アンタの手から食べるわけが――」

ぱく……もぐもぐもぐ。

「ええっ⁉　リーチェ？　ちょっ、なに食べてるの！　そんな奴の食べかけなんてお腹壊すわよ！　ペッしなさい、ほら、ペッ！」

リーチェがよりにもよってラゼルの手から餌を食べたのがよほどショックだったのか、ミスラは涙目《なみだめ》。しかし当のリーチェは吐き出すこともなく野菜を嚙み、飲《の》み込《こ》むと……誘われるようにバケツの中へ嘴を突っ込んだ。そのまま、少し青みの強い野菜をバリバリ食べ始める。

「ウソ……さっきまで全然食欲がなかったのに」

驚きに目を見張るミスラ。ラゼルは得意げに胸を張っていた。ドヤ顔だ。

「餌にするには少し辛味《からみ》が強《つえ》ぇけど、胃が弱って食欲のないガルラには効く。俺の田舎の特産品だ。アンケルニアにはねぇだろ」

とっておきだぞ、と得意満面。弱っていたリーチェが食べてくれたことが嬉しいのである。

「こればっか食ってるとクセになっちまうからな。明日からは普通の餌と半々で食わせてやれ。体が戻れば気持ちも上向く。二、三日もすればよくなるだろ」

ラゼルはデュロッサの背に積んでおいた追加のバケツを下ろした。ガルラのためなら、それが誰のものでも気遣ってやれる。では、ミスラ個人に対しては……。

「あーあ、皇子様とのシンデレラストーリーを狙ってるような奴のためにこんなことしなきゃならねぇとは。俺もヤキが回ったもんだ」

わざとらしく吐き捨てると、ミスラは「うっ」と明らかに動揺した。

「なあ、お前……本当に皇子目当てで実戦演習やんのかよ」

「そんなのアンタには……っ」

ミスラは反射的に言い返しそうになり、しかし思い留まると小さく息を吐く。リーチェを助けてくれたのだ。ここで嘘はつけない。

「あれは、その……アレよ」

「アレ？　アレってなんだよ。はっきりしねえな」

「だから、その……売り言葉に買い言葉ってやつよ。アンタがしつこいから、思わず言っちゃっただけ」

「顔が赤かったけど？」

「恥ずかしかったのよ！　アンタがシンデレラストーリーとか言うから！」

言いながらまたも赤くなっていく顔。今度はそれに加えて半泣きだ。ラゼルはしばらくポカンとしていたが、肩をガックリと落として大きなため息をついた。

「お前、馬鹿じゃねえの……」

「う、うるさいわよぉ……アンタみたいな本物の馬鹿に馬鹿って言われたら、私、私っ……」

とうとうミスラは泣き出してしまった。ポロポロ涙をこぼす彼女を前に、ラゼルはどうすればいいのかわからず動揺する。

「ちょっ、お前……泣くようなことかよ」

「私がっ……私が普段からどれだけ白銀とアンケルニアのことを考えてると思ってんの。皇子殿下の前で戦う御前試合よ？　白銀の隊長として、アンケルニアの代表として、意識するなって方が無理でしょ！

それなのにアンタはまた勝負とか決着とか吠《ほ》えてるし、連騎長《れんきちょう》は変にやる気出して模擬戦で隊長変えるとか言い出すし、セレスは噛みついてくるし、揃いも揃って馬鹿じゃないの！」

溜まりに溜まったストレスを吐き出してしゃくりあげるミスラに、さすがのラゼルも言い返せなかった。ミスラの心情を察するのに彼は鈍《にぶ》すぎたようだ。

「大体アンタ、隊長のくせしていつもいつも適当すぎなのよ。なんで私ばっかり苦労して、一生懸命になってるわけ？　アンタも少しは考えなさいよ」

「オイ、俺がなんにも考えてねえみたいに言うな！　これでも足りねえの承知で頭使ってんだよ。クソッ、自分で頭足りねえとか言っちまった！」

そしてミスラが売り言葉に買い言葉で迂闊《うかつ》な発言をしてしまったように、彼もこういう時は迂闊なのだ。

「それに……俺はずっとお前のことばっか考えてたんだからな！」

「……え？」

「あ……ん？」

ミスラの目が点になり、ラゼルも自分が口走った言葉を省《かえり》みる。

ずっとお前のことを考えていた。大演習の頃からずっと、ラゼルは宿敵ミスラのことを意識し続けていたのだ。それこそ夢に出るほどに。だからその言葉は嘘でも間違いでもない。ないのだが……。

「……」

「お、おう……」

どうだろう、なんだか別の意味に聞こえはしないか。鈍いラゼルですらなんだか気まずくなってしまうくらいに。

するとミスラは可憐《かれん》な唇を開いた。ラゼルを見つめながら。

「ヤダ今の、ちょっと……気持ち悪い」

「ふざけんなこの野郎！　言うに事欠いて気持ち悪いとはなんだ！」

「だってアンタ、ぶふっ……どの顔で言って、ふっ、ふふ、あはははは！」

顔を真っ赤にして怒鳴るラゼル。腹を抱えて笑うミスラ。さっきまで泣いていたのに。

怒鳴るにしろ笑うにしろ、感情を吐き出せば余計なものが頭の中から、心の中から消えるものだ。ラゼルは小さく息を吐き。

「やっぱ、お前らがあんなクソッタレな真似をするとは思えねえな」

「……は？」

首を傾げるミスラに、ガリガリと頭をかきながら訊ねた。

「単刀直入に訊く。こないだ、五七《うち》のハーネスが誰かに壊されてた。そのまま飛んでりゃ命にかかわる事故になりかねなかったってレベルだ。……お前か？　ミスラ」

「……違うわ。絶対に違う」

「お前が命令してなくても、部下が勝手にやったって可能性は？」

「ない。私たちはアンタたちに負けたくない。意地だって張るし……多少のちょっかいはかけるわよ。でも、ガルラを傷つけかねないようなことは絶対にしない」

「……あのセレスって女もか？」

「確かにセレスはジュストを嫌ってるけど、ありえない。あの子は誰より誇りと名誉を大事にしてるから。……ああ見えて、自分にも厳しいのよ」

自分に噛みついた部下だというのに大した評価だ。そして、白銀乙女騎士団《シルバリオン・キャバルリー》の隊長は改めて断言する。

「もしそれをやったのが白銀の人間なら、私と白銀の全員で責任を取ってもいいわ」

ラゼルの視線から逃げることなく、むしろ真っ向から見つめ返す。そして彼女は、目の前の三白眼から自分たちと同じ誠意を感じていた。だから、こちらも単刀直入に。

「こっちからも訊くわ。……この間、このリーチェの禽房《ストール》にガラス片が撒かれてた。藁の中に隠すようにして。下手をしたらリーチェが大怪我してたかもしれない。……アンタたちじゃないわよね、ラゼル」

「ありえねえ。俺らはジュストの田舎者だが、そんなクソ卑《ひ》怯《きょう》な手を使ってまでお前らに勝ちてえとは思わねえよ。つーか、そんな手を使わなくても俺らが勝つし」

「勝手に言ってなさいよ。……でも、そうか。アンタなら、どんな手段を使ったとしても『俺がやった！』って堂々と言うわよね。自慢げに」

「そいつはお互い様だろうが」

その通りだ。自分がやったなら隠しもせずそう宣言する。相手の反感を買うことも含めて、自分のしていることに自信があるからだ。ラゼルも、ミスラも。

「どうもおかしいぞ、ミスラ。五七でも白銀でもねえ、俺らを潰そうとしてる奴がいる。もしかしてアレか？　ゴズロムのオッサンが言ってたアルソニスタって奴らか？」

「それ、情報攪乱《かくらん》のためのデマが独り歩きしただけの都市伝説でしょ？　それに、もし本当に第三者がこの学校の中でなにか企んでるとして……協力する気があるの？　私たちと」

「……ねーわ」

ラゼルは腕を組み、不敵に笑う。

「誰がなにを企んでようと知ったことか。俺らはお前らを倒して、どっちが強えかはっきりと教えてやる。自分らの身は自分で守りゃいい、敵の手は借りねえ」

「でしょうね。こっちだって、アンタたちと手を組むなんてお断りよ。なにが来ようとも、白銀だけで対処してみせるから」

胸を張って言い返す、いつも通りのミスラだ。

「ったく、可愛くねえ。……まあいい。お前が馬鹿真面目に気負ってただけだっつーのはわかったからな。シンデレラストーリーだとか、似合わねえ」

「悪かったわよ、変な勘違いさせて。……それと、この子のことも。感謝してる」

食欲のなかった間の分を取り戻すようにバケツの野菜に没頭《ぼっとう》しているリーチェ。その頭を撫でるミスラにそれまでの気負いはなかった。泣いて、笑って、解き放たれたかのように穏やか。

だがラゼルはそんな彼女に詰め寄ると、ビシッと指さした。

「勘違いすんなよ……と言いてえところだが、勘違いしろ、ミスラ」

「……は？」

「俺が優しさと思いやりに溢れた男だと、しっかり勘違いしろ。そして俺に感謝して、恩に着て、遠慮して、気を遣って、なんなら恋《こい》に落ちてから実戦演習に出てきやがれ。俺はそんなお前を心底笑いながら叩き墜としてやる」

「なによそれ。そんなふうに言われて誰が……」

冷淡に言いかけ、ミスラはハッとした。ラゼルは本当に勘違いされたくないのだ。本気のミスラと戦い、決着をつけるために。

(馬鹿じゃないの……ホント、馬鹿じゃないの)

なんて素直じゃないんだろう。でも、わかる。もし自分が彼なら、きっと同じように挑発《ちょうはつ》しただろうから。だから、ミスラは。

「さっきの言葉、取り消すわ。……感謝なんかしないわよ。恩に着たりもしない。遠慮なんかしないし、気なんて遣わない。恋？　なにそれ気持ち悪い。……叩き墜とされるのはアンタの方よ。私に手を貸したことを心底後悔《こうかい》させてやるから、せいぜい覚悟《かくご》しとくのね！」

「その言葉、間違いねえだろうな」

ニコリともせず、真っ向から睨み合う二人。もはやミスラに弱気の影はない。

「ていうかアンタ、よく堂々と白銀の厩舎に入ってきたわね。……もし私がいなかったらどうするつもりだったの？」

「どうもしねえ。俺はリーチェに野菜食わせに来たんだ。食わせて元気にしてやるだけだろ」

「はぁ!?　断りもなく食べさせようとしてたわけ!?　人としての常識を疑うわ」

「ンな……そこまで言うかテメー」

「じゃあ、ちょっと考えてみなさいよ。……病気で寝込《ねこ》んでるアンタの子供の寝室《しんしつ》に凶悪《きょうあく》な目つきの不審者が侵入《しんにゅう》して、『元気になるから』って理由で勝手に薬を飲ませたら？」

「……その場で殺しても許される気がするな」

「そうされないだけありがたく思いなさい！　今回は見逃してあげる。だから私に感謝して、恩に着て、遠慮して、気を遣って……そうそう、冗談でも恋には落ちなくていいから！」

「誰が感謝するかッ！　ホンット口の減らねえ女だな！」

「誉《ほ》め言葉として受け取っておくわ。あ・り・が・と・う！」

ラゼルが相手なら、力が湧く。どんなことも言える。

だって彼は「敵」だから。プレッシャーになる第一皇子とも、身内であるセレスとも違う。不倶戴天《ふぐたいてん》の敵、絶対に倒すと決めた相手。だから、なんだって言える。

そんな主人を横目に、リーチェは半分ほど野菜の残ったバケツを嘴でそっと押し出《おだ》す。そこ

には荷物持ちとして連れてこられたまま暇《ひま》そうにしていたデュロッサ。

「……」

「……」

二頭は黙って視線を交わし、同じバケツに互いの嘴を突っ込んで辛《から》めの野菜を食べた。

自分たちの主人がなにを言い合っているのかはわからないが、それがもうくだらないことになっているのだということは、理解できる。

●

翌日。実戦演習に向けた、白銀乙女騎士団《シルバリオン・キャバルリー》の模擬戦最終日。

「セレス様、そろそろお時間です」

「……わかっているわ」

取り巻きの隊員に促され、セレスは椅子を立った。一人で集中するために人払いしたテラスを去り、訓練場へ向かう。

模擬戦は最終日、そして最終戦を迎える。戦うのはミスラ・フィントクルムとセレス・アンシュラス。両者ともここまで全勝。この一戦で模擬戦の最終的な勝者が決まるのだ。

（ここで勝利すれば私が白銀の隊長。そして、実戦演習では……）

隊列の中心を飛んで一番の活躍《かつやく》を狙うことも、戦力の低下を承知でミスラをメンバーから外すことだってできる。実戦演習に勝利すれば御前試合の栄光は自分のものだ。

(勝ちたい……いいえ、負けるものですか。アンシュラス家の娘として、あんな下級貴族の娘なんかに!)

アンシュラス家は歴史ある帝国貴族の家柄《いえがら》。対してフィントクルム家は借り物の領地しか持たない下級貴族。セレスにしてみればミスラの下に置かれていること自体が間違いだ。隊長である彼女に従ってはいたが、歴史ある家の娘として心を許したことはなかった。

間違いは正されなくてはならない。今日こそがその日だ。

(我に、勝機あり……ですわ)

自分への追い風を感じている。リーチェが不調だということは知っていたし、ミスラ自身も並々ならぬプレッシャーに追《お》い詰《つ》められているのは見ていればわかった。

対して、セレスと彼女のガルラは絶好調。このうえない好機である。

「騎乗いたします。仮面《バイザー》を」

取り巻きから仮面《バイザー》を受け取る。白銀に入ることが決まった時に祖父より贈《おく》られた大事なものだ。「アンシュラス家の名に恥じぬように」が口癖《くちぐせ》の厳格な祖父もまた、セレスの誇りである。

(アンシュラス家の名に、恥じぬように……)

仮面《バイザー》を着け、ガルラに跨る。ゆっくり訓練場を進むと既に対戦相手が待っていた。アンケルニア貴族たる者、いかなる時も優雅に。口元に余裕《よゆう》の笑みすら浮かべたセレスは悠々《ゆうゆう》と。

「お待たせいたしましたわ。さあ、始めま――」

顔を上げた瞬間、凍《こお》りついた。震える喉はそれ以上の言葉を紡ぐことができず、手綱を握った手のひらにドッと溢れる汗。全身の血液が向かうべき方向を見失う。

「待っていたわ、セレス。……始めましょうか」

自分もまた仮面《バイザー》で顔を覆い、相棒リーチェに跨ったミスラ。見慣れているはずなのに、こうして模擬戦を行うのも初めてではないはずなのに、言い知れぬ気迫を感じた。

だが、セレスとて並みの覚悟で臨んでいるわけではない。

(己《おのれ》を研《と》ぎ澄《す》ませば、敵もまたよく見えてくるもの。……この圧力は、私自身の覚悟を映したものにすぎませんわ)

ならば恐れることなどないはずだ。小さく息を吸い、吐く。

そして、二人の前に立ったメリーエが淡々と告げる。最終戦だからといって特になにかを付け加えるでもなく。

「これより、模擬戦を開始します」

訓練場の端《はし》、土手のように少し高くなったところに胡坐《あぐら》をかいて、ラゼルは上空で繰り広げられる戦いを見つめていた。モリシュは双眼鏡を手に、高速で飛び回る二騎を追っている。

「あのセレスって子、なかなかやるぞ。ミスラ隊長を押してる」

「リーチェが本調子じゃねえから……とは言えねえか。それなりに実力があるな」

ラゼルは三白眼を鋭く細め、睨む。

王禽騎兵《おうきんきへい》同士の戦いで重要な「速度」は二つ。最高速度と加速力だ。特に一対一の空中戦では加速力、つまりいかに早く速度を上げることができるかによって優劣《ゆうれつ》が明確に現れる。

いつもに比べて加速の鈍いリーチェを、いつもよりも鋭い加速を見せるセレスのガルラが追い回していた。主導権を握っているのはセレスだ。

「なんとか後ろは取られずに済んでるが……ハル、どっちが勝つと思う？」

「どっちが勝つかは知らないけど、帝国産腐れビ●チのセレスが負ければいいと思う」

ラゼルの隣で真似するように胡坐をかいたハル。先日のことをまだ根に持っているようだ。

「セレスが帝国産腐れビ●チなら、ミスラはなんだよ？」

「……賢そうで意外と頭悪い脳筋帝国女」

助けてもらっておいて随分な言い方だが、汚い言葉を使わなかったのはそれなりに感謝しているからだ。ラゼルは「そうかよ」と笑って再び空へ目を戻す。

なんとか形勢を逆転しようと何度も空中でターンを試みるミスラ。だがそのたびにセレスは食らいつき、横へ下へと回り込んで有利なポジションを譲らない。

（負けるものですか……私は、私は今度こそ……っ！）

幼い頃からガルラに乗るのは上手かった。速く飛ぶのも、戦うのも。兄や姉を差し置いて、祖父はセレスと彼女のガルラに一番の教師をつけ、王禽騎兵《おうきんきへい》となるべく教育を施す。

アンシュラス家は歴史ある家柄だが、二〇年前に戦争が終わって以降は優れた人物を中央へ送ることができず、その名に陰《かげ》りが見えていた。優秀な王禽騎兵《おうきんきへい》は出世栄達の王道。セレスにかけられる期待は大きい。

そしてセレスは期待に応えることを喜びとした。たとえ年上が相手でも地元では負けなし。軍への入隊からほどなくして白銀乙女騎士団《シルバリオン・キャバルリー》へ加わることが決まった時、自分がアンシュラス家に新たな歴史を刻むことができる……そう思っていた。

しかしその夢は早々に打《う》ち砕《くだ》かれる。白銀でもセレスが優れた王禽騎兵《おうきんきへい》であることは変わらなかったが……一番ではなかったのだ。

ミスラ・フィントクルム。セレスと同い年で同期入隊。緋色の翼に白い斑点模様を持つガルラと織りなす人禽一体は完璧で、空中戦における速さ、鋭さ、正確さ、全てが抜きんでていた。

最初の模擬戦で彼女に完敗した時、セレスは知った。才能という言葉だけでは片づけられない違い。努力の量では比べられない違い。運などという慰《なぐさ》めでは埋められない違い。

ただ、強い。そうとしか表現できないなにかをミスラとリーチェは持っていたのだ。

(それでも、それでも……今度こそ!)

白銀の誰もがミスラをナンバー1と認める中、セレスだけは違っていた。彼女を上回るために独自の機動《マニユーバ》を研究し、訓練や任務の最中にも彼女より優れた成果を出そうと奮闘《ふんとう》した。

そして今、最大のチャンスが訪れている。コンディションも、勝利の先に得られるものも、全てがセレスにとって最高の条件。

(今度こそ勝って見せますわ……ミスラさん、あなたに!)

リーチェの斜《なな》め後ろから突《つ》き上《あ》げるように突進。咄嗟に回避する動きは見切っている。今度は追いかけるのではなく、反対方向へ回り込んで体勢が整わないうちに正面から仕掛けた。

「せぁあああっっっ!」

「くッ!」

その動きはミスラも予想していた。僅かに遅れるリーチェの反応も織《お》り込《こ》んで、セレスを迎え撃つように衝撃槍《インパクトランス》を構える。

「……っ!」

交錯。互いに放った衝撃波が空気を震わせたが、決定打にはほど遠い。

だがこの時、セレスは妙な感覚を味わった。

交錯の瞬間、ギリギリまで接近したミスラ。その仮面《バイザー》の下から感じた彼女の視線が、どこか明後日の方向へ逸れていたような気がしたのだ。

（なに？　私との勝負の最中に一体なにを……）

素早く次の攻撃に移りながら、チラリとその方向を見る。ミスラが構えていた槍の先、訓練場の……端《はし》の方。

「ツッツ!?」

気づいた。はっきりと気づいた。

（あれは、あの男は……）

ミスラが見ていたのは、訓練場の端から観戦する五七の隊長。下品にも地面に胡坐をかき、あの腹立たしい女隊員を連れてこちらを見上げている男。

ミスラは、ラゼルを見ていたのだ。

（ミスラ・フィントクルムッ……あなたという人はッ！）

頭にきた。ミスラが自分ではなく、あの男を見ていることが。自分など既に眼中になく、あの男と戦うことしか考えていないのだということが。

（つまり、あの時の、あなたも……っ）

模擬戦が始まる前に感じた、あの圧倒的《あっとうてき》な気迫。あれすらも自分に向けられたものではなかったのだということ。脳の全てが熱で冒《おか》されそうなほど、セレスは激昂《げきこう》した。

「馬鹿にしてぇぇぇっっっ！」

耐えがたい屈辱《くつじょく》。許しがたい恥辱《ちじょく》。憤怒《ふんぬ》のセレスが命じるままに、彼女のガルラは物理的な限界に等しい加速でリーチェへ襲いかかった。

「マズい、後ろを⁉」

背後を取られたミスラは咄嗟に振《ふ》り切《き》ろうとする。だがセレスはそのまま後ろから押《お》し潰《つぶ》さんほどの気迫で離れない。

背後を押さえられたままリーチェは加速していく。翼を返してロールし、フェイントをかけ、強引に角度を変え、しかし引《ひ》き剝《は》がすことができない。

「ここで後ろを取ったか。……コイツは、ひょっとしたらひょっとするぞ」

王禽騎兵《おうきんきへい》の接近戦では後ろを取った方が圧倒的に有利だ。双眼鏡を握るモリシュの手には汗。ラゼルは黙ったまま見上げている。

（大演習で三回やり合って、俺がミスラの後ろを取ったことはねえ……）

ラゼルだけではない。白銀の隊員たちだって、ミスラが背後を取られたのなんてほとんど見たことがなかった。地上に広がっていくざわめきの中、マリーは空を見上げて祈《いの》る。その視線の先で、ミスラは。

（後ろを取られた……これがセレスの本気）

窮地《きゅうち》に追い込まれている。ラゼルのおかげでいくらか回復したとはいえ、リーチェの体調は万全《ばんぜん》に程遠《ほどとお》い。今も苦しげな息遣《いきづか》いを感じる。自分のために限界まで振《ふ》り絞《しぼ》ってくれているのだ。それなのに……。

（このままじゃ負ける……あんな馬鹿の世話になって、リーチェに無理までさせて負けるなんて。そんなこと……そんなこと、許せるはずないじゃない！）

必要なのは決断だ。そしてミスラには、それを下せる度胸がある。

「やるわ、リーチェ。……負けるくらいなら、後のことなんて考えずに出し切る方がいい。そうでしょ！」

負けん気の強い主人が手綱を引《ひ》き絞《しぼ》ると、負けん気の強いガルラは鋭く鳴いてさらにほんの少し加速、僅かにセレスとの距離を空けた。それが詰められる直前、ミスラは手綱に仕込まれた引き金を引く。

「一番、二番、目標なし！　弾けなさいッ！」

命令は鞍の後ろに乗せられた発射管へ向けて。命じられるまま、飛び出した二発の妖精誘導弾《フェアリーミサイル》がその場で爆発した。その場……つまりはミスラのすぐ後ろ。セレスの目の前で。

「なんですって⁉」

至近距離の爆発によって、二騎の王禽騎兵《おうきんきへい》は速度がついたまま大きく姿勢を崩す。下手をすればそのまま墜落しかねない。ミスラのやったことはほとんど自爆《じばく》だ。

「この……悪あがきをっ！」

セレスは必死に手綱を引き、空中に踏み留まる。彼女はミスラのやったことが自爆覚悟の道連れ戦法だなどと思っていない。これは煙幕《えんまく》の代わり、一瞬の目隠《めかく》しだ。つまり。

（わかっているわよ……勝負をかけるつもりでしょう？）

煙が晴れていく。その向こう。薄ぼんやりと覗いた太陽を睨んだ。

「そこにいるはずよッ！　ミスラ・フィントクルムッッッ！」

「ッ！」

見つけるより早く、セレスは太陽めがけて飛んだ。そこには今まさに必殺の一撃を繰り出すために突撃を始めた緋色の王禽騎兵《おうきんきへい》。相手の視線を切ってから太陽を背にしての突撃。ミスラの必殺機動《フィニッシユマニューバ》をセレスは完全に読んだ。

無論、読んだからといって攻略《こうりやく》できるわけではない。それだけなら今まで模擬戦で実践《じつせん》した白銀の隊員はいた。ミスラとリーチェによる渾身《こんしん》の突撃は防ぐことも避けることも、まして迎え撃つことも容易ではないのだ。並みの王禽騎兵《おうきんきへい》では無残に叩き墜とされるだけ。

だが今のセレスは違う。貴族の誇り、アンシュラス家の誇り。その一念で積み重ねた研鑽《けんさん》。勝利への執念《しゆうねん》。そしてミスラの必殺機動《フィニッシユマニューバ》に真っ向から立ち向かう勇気。

それら全てを束ね、向かってくるミスラを叩き墜とすべくセレスが飛ぶ。ミスラより速く、ミスラより鋭く。

(行けるッ！　このまま……ッ！)

正面対正面。互いに向かって突進する。セレスの加速力がミスラのそれを上回り、逆に迎え撃つ形となるミスラとリーチェの体勢が間に合わない。先に届くのはセレスの攻撃だ。

(私が……勝つッ！)

確信と共に伸ばしたその手が勝利に届く。その、直前。

「リーチェッッ！」

ミスラの叫びと共に、緋色の翼が翻る。セレスの視界から……消えた。

「……え？」

繰り出した槍が獲物を見失う。次の瞬間、空気が弾ける大きな音。セレスは引き金を引いていないのに。

その音は真下。ガルラの腹の下から。そしてまったく同時に。

「何故……」

衝撃波によって、セレスはガルラごと弾《はじ》き飛《と》ばされた。

●

「なんだよ、今のは……」

モリシュの口元に笑みが浮かんでいた。双眼鏡越しに見たそれが信じられないあまり、顔を引きつらせて笑うしかなかったのだ。冗談だろ、と。

双眼鏡なしでもそれを見極める視力を持ったラゼルは、表情一つ変えずにつぶやいた。

「逆撃《カウンター》か……」

「逆撃《カウンター》!? バカ言え、そんな……」

まだ信じられないが、ミスラがセレスを撃墜したのは確かにそう呼ぶしかない攻撃だった。

正面きっての突進と突進。激突する直前……否、直前ではなくまさに激突の瞬間、リーチェは大きく体を捩《ね》じりながら紙一重で相手の下へ潜《もぐ》り込《こ》んだ。その回転を利用してミスラは真下からセレスのガルラに槍を叩き込んだのである。

「ミスラが突進のスピードをゆるめたのは、わざとだ。セレスの攻撃を呼《よ》び込《こ》むためにな」

「ボクシングじゃないんだぞ、ラゼル。……下手すりゃ一方的にやられる」

想像するだけで背すじが凍る。少しでも躱すのが早ければ不安定な体勢を相手に晒し、追撃《ついげき》を受けてしまう。まして遅ければ、まともに突撃を食らって叩き墜とされるだろう。

驚異《きょうい》的な技量と集中力、そして人禽一体となったミスラとリーチェの信頼。それら全てが揃って初めて実現できる機動《マニューバ》である。

結果は見ての通り。渾身の突撃を躱されたセレスは無防備な下方向からの攻撃をまともに受けて弾き飛ばされ、空中で体勢を戻すことができないまま訓練場の外れに墜落した。

「模擬戦終了。各自、帰投しなさい。セレス、救助は……そう、なら自力で戻りなさい」

　メリーエは交信器《インカム》に向かって淡々と告げた。旋回していたミスラが着陸する。

「ミスラ様！」

「ただいまー。……あー、汗かいた。これ絶対痩《や》せたわ。たぶん五キロは落ちてるはず。ていうか落ちているべきよ。今日は食後のデザート多めでも許されるわよね」

　駆け寄るマリーが目に涙を浮かべているのを見て、仮面《バイザー》を取ったミスラはカラッとした笑顔を見せる。白い肌も金色の髪も汗に濡れて、輝く瞳は達成感と満足感に溢れていた。

　そして、自分と共に限界まで力を振り絞った愛騎の首を抱く。

「ありがとう、リーチェ。……今夜はゆっくり休みましょうね」

　訓練場の端からそれをジッと見つめる三白眼。隣でハルがポツリと言った。

「……もし実戦演習でアレやられてたら、墜とされてたね」

「だろうな……命拾いしたぜ」

　命拾い。自分で言っておきながらラゼルはゾッとする。初見であの逆撃《カウンター》を繰り出されていたら、間違いなく負けていた。

「ま、これでミスラが白銀のエースだってことが再確認されたわけだろ？　これまでと同じだ。あとは実戦演習であいつらを徹底的《てっていてき》に……ん？」

　立ち上がって尻《しり》にくっついた草を払うラゼルは彼女を見つけた。ミスラの下に集まる隊員たちの輪の外で、取り巻きたちに付き添われながら城へ戻っていく彼女を。

自慢の長い髪は砂埃《すなぼこり》に汚れ、墜落によって服は泥《どろ》だらけ。あちこちに小さな傷を作りながら、それでもセレスは下を向かなかった。その気丈さもまたアンケルニア貴族の誇り。だが、城へ入った彼女を待っていた男はそんなもの、知ったことではない。

何故なら彼は、アンケルニアの人間ではないからだ。

「よう、負け犬のお嬢《じょう》さん。こないだはうちのが世話になったな」

田舎のチンピラ丸出しな態度は横柄そのもの。顎を突き出し、首を傾げてセレスを見下す。傍らに立つ「うちの」ことハルの頭をポンポンと叩くが、空気を読まない妹分は鬱陶しげに振り払った。まあ、気にしない。

「おいラゼル、いくらなんでも今は……」

常識ねえのかよ、と咎めるモリシュは無言で押しのけられた。ラゼルの口調は軽いがその顔はニコリともせず、三白眼がセレスを見据えている。

あの屋上庭園でハルに絡んだセレスはミスラに追《お》い払《はら》われた。だが結局、彼女自身《かのじょじしん》は謝りもしなければ反省もしていない。現に道を塞ぐラゼルに対して向ける視線には怒りや苛立ちよりも嫌悪の色。

「どいてくださる？　野良犬の隊長さん。ジュストではどうなのか存じ上げませんけれど、今のあなた……アンケルニアでは極めて無礼なことをなさっているのよ」

　おわかり？　とあくまで上から目線の彼女。ラゼルの口元に軽薄《けいはく》な笑みが浮かんだ。

「こりゃ失礼。俺はアンタに礼を言いに来たんだ。セレス・アンシュラス戦騎長」

「礼、ですって？　あなたがなにを――」

「心から感謝するぜ。……ミスラに噛みついてくれてありがとよ。おかげで、あいつの手の内を知ることができた」

「ッ!?」

　余裕ぶっていたセレスの表情が崩れる。怒りに目を見開き、噛み鳴らされる奥歯。ハルはいい気味とばかりにニヤリと笑い、モリシュはフォローすることもできず天を仰ぐ。

　大演習で二人が戦った最後の空。ラゼルはミスラの必殺機動《フィニッシュマニューバ》を見切った。だからミスラはさらに上を行く新たな必殺機動《フィニッシュマニューバ》としてあの逆撃《カウンター》を編み出したのだ。

　本当なら、あの機動《マニューバ》は実戦演習でラゼルと戦う時まで隠しておくつもりだったはず。客観的に見れば、セレスはラゼルのためにお膳立《ぜんだ》てをしたようなもの。

　ありったけの嫌味を込めた感謝を送り、ラゼルは憤怒に硬直するセレスに道を譲った。

「これからもその調子で頼むぜ、戦騎長。応援《おうえん》してやるからよ」

すれ違いざま、とどめとばかりに彼女の肩を叩こうとしたその手が掴まれる。

「なにをしているのかしら？」

ミスラだ。白銀の隊員たちも集まってラゼルを見つめている。好意的とは言えない目で。

「……あ？」

「私の部下になにをしているのか、訊いているのよ。ラゼル・ブラン少尉」

至近距離で睨み合う二人の間で空気が張りつめる。摑んだ手を振り払ったラゼルに対し、ミスラの視線は厳しく、冷たい。

「部下の振舞《ふるま》いの責任は私が取る。文句があるなら私に言えばいいわ」

「自分に嚙みついた部下を庇《かば》うのか？　心が広いな、フィントクルム戦騎長」

皮肉で返したラゼル。だがミスラは平然と。

「私は白銀乙女騎士団《シルバリオン・キャバルリー》の隊長よ。部下を……いえ、仲間を守るのは当然のことでしょ」

「……そうかよ」

ラゼルは理解した。ここにいるミスラは厩舎で弱気になっていたミスラではない。あの時のことは全て心の中から追い出して、ただ白銀の隊長として立っている。つまり……。

「立ち去りなさい。実戦演習を控《ひか》えたこの時期にトラブルは起こしたくないわ」

つまり、敵だ。堂々たる、ラゼルの宿敵。

無数の敵意を孕《はら》んだ視線が突き刺さる。降参とばかりに軽く肩を竦めたラゼルは彼女らに背を向けて立ち去りつつ、小さな声で訊ねた。

「ハル……ミスラのこと、どう思う？」

「恩知らずのファ●キン帝国女。……ラゼルのおかげで勝てたくせにさ」

隠すことなく不満を吐き出したハルだが、ラゼルの顔を見上げて怪訝そうに眉を寄せる。

「……なに笑ってんの。気持ち悪《わる》っ」

ラゼルは笑っていたのだ。三白眼を爛々《らんらん》と輝かせ、犬歯を剝いて笑っていた。

「いや、まったく……恩知らず、その通りだと思ってよ」

そうだ、そうだよ。それでいいんだよ。俺とお前は敵同士。これから本気でやり合おうって時に、馴れ合ってなんかいられねえよな。それこそ部下に示しがつかねえ。

（最高だ、ミスラ・フィントクルム！　絶対に叩き墜としてやるからな！）

獰猛な歓喜《かんき》が熱となって、ラゼルの全身を駆《か》け巡《めぐ》る。

●

実戦演習まで一週間を切った。

「オラァッ！　腑抜《ふぬ》けた飛び方してんじゃねえ！　白銀のお嬢様に墜とされる前に俺が墜としてやろうか、あぁッ？」

怒号《どごう》と共に突進してくるラゼルとデュロッサ。二人一組となった五七の隊員は互いの死角をカバーしつつ回避。体勢を整えて反撃を試みるが、目の前を突き抜けていったかと思った漆黒のガルラはすぐさま翼を翻して再び突進してくる。

「安っぽく守りに入んな！　なんのための二人一組だ。死角をカバーし合ってりゃ簡単に墜とされやしねえだろうが！　攻めろ、仲間に命を預けて攻めてこいッ！」

「クソッ！　もう一本だ！」

「次は逃がさねえ、来いよ隊長！」

隊長自ら隊員に稽古《けいこ》をつけるのが五七の流儀。そうすることでラゼル自身も戦うための感覚を研ぎ澄ましていく。宿敵との大勝負に照準を合わせ、第五七王禽騎兵《おうきんきへい》隊はコンディションを高めていた。

「ラゼルが元気すぎてウザい……」

「腐ったり愚痴ったりしてるよりよっぽどいい。そら、俺たちも行くぞ」

ハルを促し、モリシュも励む。表し方に違いはあれど昂《たかぶ》りはラゼルにも劣らない。

そして、それは彼女らも同じ。

「隊列を乱さないで！　王禽騎兵《おうきんきへい》隊の戦いは集団戦と個人戦の両方を制して初めて勝てるもの。自分だけでなく、ガルラの呼吸まで仲間に合わせなさい！」

「はい、隊長！」

ミスラの命令で見事な編隊飛行を見せる白銀の隊員たち。そこから個々に分かれ、流れるような動きで個人戦を想定した機動《マニューバ》の練習に移る。

模擬戦を経たことで白銀の結束はより強いものとなっていた。ミスラ自身が改めてその強さを示したことも勿論だが、ラゼルに絡まれたセレスをミスラが庇ったことが決定打となり、隊員たちの信頼が一層高まったのだ。

王禽騎兵《おうきんきへい》としての実力と、隊長としての器量。その両方をミスラは証明したのである。

白銀乙女騎士団《シルバリオン・キャバルリー》の士気と状態は最高に近いところまで高められていると言っていいだろう。

……ただ一人、訓練に参加していない彼女を除いて。

●

――部下を……いえ、仲間を守るのは当然のことでしょ――

屈辱だった。

ミスラは自分から隊長の座を奪うと宣言したセレスを庇った。隊長として、部下であるセレスを守った。だがセレスにとって、それはミスラによる勝利宣言に他ならなかったのである。

(私は負けた。全力を尽《つ》くしたうえで敗北した。認めなければなりませんわ……しかし)

テラスから仲間たちの訓練を見つめながら、セレスは己の不甲斐《ふがい》なさとプライドの狭間《はざま》で処理しきれない感情に奥歯を噛みしめていた。

「あなたも実戦演習のメンバーに選ばれたはずでしょう、戦騎長」

「体調がすぐれませんの。ちゃんと許可も得ていますわ……アフラン連騎長《れんきちょう》」

メリーエは教官であり上官だが、今は相手をする気分になれない。無意識のうちに髪《かみ》の毛先《け》を指に絡ませるセレスに、メリーエは小さくため息をついた。

「ミスラの噛ませ犬にされた……と思っているのかしら？」

「結果としてそうなっただけで、全ては私の力不足ですわ。模擬戦をあなたに提案したのは私なのですから。これで憐《あわ》れまれたのでは、それこそ立《た》つ瀬《せ》もないというもの」

大したプライドである。根っからの意地っ張りなのだ。

「それに……私はジュストの平民たちと馴れ合うつもりのない人間です。両軍の友好をお望みのあなたからしても、私がこうして孤立《こりつ》する方が好都合なのではなくて？」

薄らと浮かべた笑みは自嘲《じちょう》。長い歴史を持つ貴族の娘が張る意地にはどこか屈折《くっせつ》したものも見《み》え隠《かく》れする。しかし上官として叱責すべき部下の態度を前にしながら、ミスラでさえ恐れる淑女軍人《コマンドレディ》はその声音《こわね》を穏やかにした。

「私とてアンケルニア貴族。あなたが抱くものを、理解できないはずもないわ」

「連騎長《れんきちょう》も冗談を仰るのね。それとも私を慰めているおつもりかしら。

あなたはこの学校の設立にも関わった人間でしょう？　誇《ほこ》り高《たか》きアンケルニアを平民の国と

同列に扱っておいて、今更――」

「ジュスト大統領とアンケルニア第一皇子殿下はどちらも傑物《けつぶつ》」

遮るメリーエの言葉はいつになく硬い。普段から冷徹《れいてつ》な彼女がその冷たさすらどこかにしまい込んで発した無機的な響きに、セレスは思わず顔を上げる。

「アンケルニアとジュストを歩み寄らせようという二人の理想は大きな流れを生み出した。流れに抗《あらが》ったところで時間と労力を無駄にするのみ。ならばいっそ推《お》し進《すす》めて一つの形にしてしまったほうがいい。たとえば、この学校のように」

帝国淑女によく似合う古風な眼鏡。レンズの向こうで細められた目の奥に不穏《ふおん》な影を見た気がして、セレスは訝しむ。

「あなた、なにを仰っているの？　それではまるで……」

「一つの形になることで、流れは緩やかにまとまる。でも、もし作り上げられた形が壊されれば……再び流れを作ることは、最初に流れを生むよりはるかに困難なものとなるわ。私の言っている意味、あなたなら理解できるでしょう？　アンシュラス戦騎長」

いつの間にかメリーエはセレスのすぐ目の前に詰め寄っていた。その視線は鋭く、重く。セレスは動くことができない。

「連騎長《れんきちょう》、あなたは……」

「特別な任務をあなたに持ってきました。私たちの祖国に間違った歴史を歩ませないための」

ゆっくりと差《さ》し伸《の》べる手は、部下ではなく同志に対しての礼。そして。

「あなたに相応しい任務です、セレス。……アンシュラス家の名を背負うあなたに」

「アンシュラス家の、名……」

セレスは、その手を取る。

俺とお前の
翼と槍で

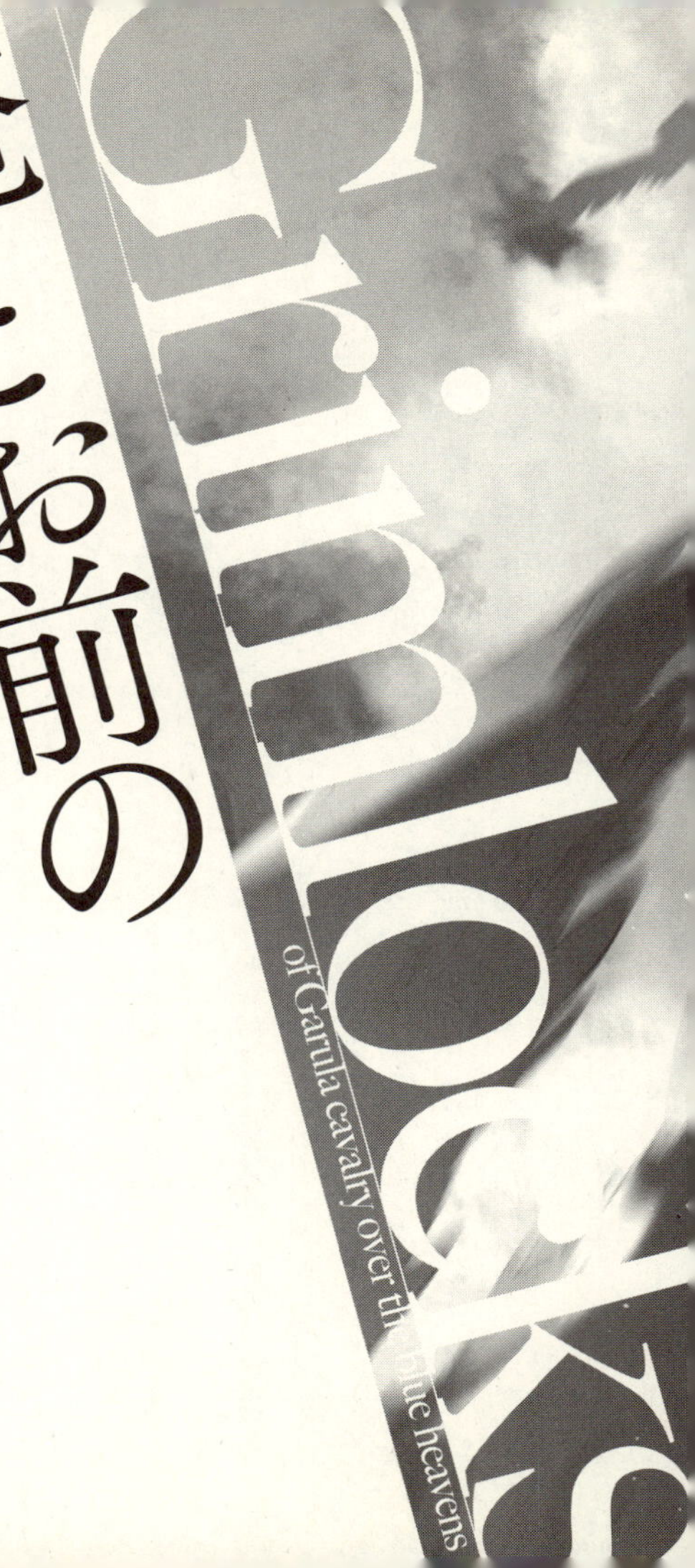

「出かける？　今から？　どこへ？」

実戦演習まであと二日に迫ったその日、グリムロック城の正門前で二人揃って唖然とするラゼルとモリシュがいた。

二人に間抜《まぬ》け面をさせた彼らの教官は外出用の上着を羽織り、馬車に荷物を放《ほう》り込《こ》む。

「緊急《きんきゅう》の仕事だ。行き先は言えんが、明日の夜までには戻る」

「緊急って……実戦演習の直前でかよ」

「つまり、実戦演習絡みで急ぎの事態が起きてる……ってことですか」

察しのいいモリシュにバインツはニヤリと笑い、目の前にそびえる門を見上げた。グリムロック城、そして統合王禽騎兵《おうきんきへい》学校の正門だ。

「この城に来てから何度か、誰の仕業がわからないトラブルが起きてるだろ？　お前らが馬鹿みたいにケンカするせいで埋もれちまってるが、下手すりゃ国際問題になりかねないような厄介ごとを持ち込もうとしてる奴らがいる。

俺はそいつらの……俺たちの敵の正体を見極めに行ってくる。このタイミングだ、大統領や皇子が狙われる可能性は高いだろう。そうなれば実戦演習どころじゃないからな」

「そいつは最悪だ。白銀《シロガネ》との決着を邪魔されちゃ堪《たま》んねえ」

「ラゼル……そういう問題じゃないだろ」

モリシュは苦い顔をしたが、三十路の中佐は「ククク」と堪えきれずに笑った。

「それでいい、ラゼル。お前は馬鹿だが、自分がなにをすべきかわかってる。……だからお前が五七《ゴーナナ》の隊長なんだ。モリシュ、観念してこの馬鹿に付き合え」

バインツに言われてはモリシュも逆らえない。それに、彼もバインツと同じようにラゼルの資質を買っているのだし。

「了解です、中佐。しかし、『正体を見極める』ってことは……」

「確実な証拠はまだだ。だから、お前らにも詳しいことは話せん」

だが……、とバインツは二人の目を交互《こうご》に見る。鋭い眼光に慎重さと冷静さが覗いた。

「敵は城の中だ。実戦演習が終わるまで決して油断するな、気を抜くな。信用できるのは五七の仲間だけだと思って、それ以外の全てを警戒しろ。……白銀も例外じゃない」

「なぁに言ってんだよ、中佐」

ラゼルはヘラリと笑い飛ばす。だが、目の中の光はバインツと同じだ。

「例外もなにも、白銀は最初から俺らの敵だろ」

「……そうかよ」

小さく笑い、バインツは馬車に乗り込んだ。

外に開けた回廊《かいろう》の手すりに腰かけて、暇そうに足をブラブラさせていたハル。すると、向こうから本能的に嫌な感じのする話し声が聞こえてきた。

（あ！　やせいのていこくおんながとびだしてきた！）

指さしてやろうかとも思ったけれど、頼むから白銀を挑発するのはやめてくれとモリシュに泣いて頼まれたからやめておいてやる。泣いてなかった気もする。どっちでもいいや。

とにかくハルはセレスと取り巻きたちに無視を決《き》め込《こ》むことにした。

「あら……」

相変わらずよく手入れされた長い髪。セレスはハルに気づくと立ち止まり……。

「ごきげんよう。五七の調子はいかが？　演習ではお互い全力を尽くして、祖国に胸を張れるよい勝負をいたしましょうね」

爽やかな笑顔に明るい声、楚々とした会釈を添《そ》えて。

上品で質の高い貴族令嬢《れいじょう》という素材を存分に生かした極上《ごくじょう》の一皿。嫌悪どころか敵意の欠片《かけら》も感じさせない挨拶を残して、セレスは機嫌《きげん》よく通り過ぎていった。

「……はァ？」

残念なことにセレスのスペシャリテはハルの口にまったく合わなかったらしい。あんぐりと口を開けたまま、不審と胡散《うさん》をありったけ食わされたような顔をしている。

「待たせたな、ハル。……どうした、松ぼっくりと間違えて手榴弾《パイナップル》でも食ったか？」

「そいつは大変だ。ちゃんと噛んでから飲み込まないとお腹壊すぞ」

「……うるさいよ、バカ二匹《ひき》」

ありえないものを見てしまってプルプル震える妹分。ラゼルとモリシュのバカ二匹は顔を見合わせる。ハルは回廊の向こうへ小さくなっていくセレスの背中を据わった目で睨んでいた。

「あいつ……怪しすぎてむしろ怪しくなく見えるくらい怪しい。なんか企んでるか、そうでなきゃチーズ臭《くさ》い●●●から手榴弾《パイナップル》食わされて頭おかしくなったんだよ、きっと」

相変わらずハルの言葉は酷いが、ラゼルとモリシュは呆れながらも再び顔を見合わせる。

「なにか企んでる……か？」

「まさか……そこまでわかりやすくないだろ」

●

遂《つい》に実戦演習の日がやってきた。

グリムロック城の周辺は警備のために呼び寄せられたジュスト・アンケルニア双方《そうほう》の部隊が厳重に固め、城内にも兵士たちが物々しく目を光らせている。

「感無量だねぇ……今日という日を迎えられて、教頭として誇らしいよ」

それらの部隊を手配したゴズロムは既に満足げ。しかし城の正門で彼と共に「主賓」の到着を待つバインツとメリーエは冷淡だ。

「感無量は結構だけど、本番はこれからだってことを忘れないでもらいたいな」

「誇るのであれば、全てを滞《とどこお》りなく終わらせてからにしていただきましょう」

「う、うむ……わかっているよ、わかっているとも！」

昨夜《さくや》遅《おそ》くにグリムロック城へ戻ったバインツはいつも以上に、メリーエはいつも通りに隙のない表情。それは外から来る何者かに対する警戒と同時に、すぐ近くにいる相手から目を離さないようにしている、そんなふうにも感じられた。

「ううむ……いかん、緊張してきた」

二人の気迫に引きずられ、ゴズロムは額に滲んだ汗をハンカチで拭う。拭っても拭っても滲んでしまって仕方ない。

やがて城の前に到着する二台の馬車。どちらも騎《き》兵《へい》隊に護衛されていたが、片方は士官服に身を包んだジュスト軍精鋭騎《き》兵《へい》隊、もう片方はきらびやかな礼装で固めたアンケルニア軍帝室《ていしつ》親衛隊。守るのはそれぞれの国の首脳である。

「お、お待ちしておりました！　マクシス大統領、ヴィステス皇子殿下」

裏返りそうになる声を抑《おさ》えながら、ゴズロムは大きく手を広げて出迎《でむか》えた。

「お久しぶりね、ミスター・マクヘー。今日を楽しみにしていたわ」

馬車から降りてにこやかに手を振るのはジュスト共和国大統領アルテッサ・マクシス。暖色のスーツがよく似合う、柔和《にゅうわ》な雰囲気の老婦人だ。小さな帽子《ぼうし》を乗せた髪は真っ白だが、しっかり伸びた背すじと矍鑠《かくしゃく》たる足取りは小柄な彼女から老いを感じさせない。

居並ぶ兵士たちに手を振り、アルテッサは護衛として待っていたバインツの敬礼を受ける。そっと手招きすると、頭を低くした彼の耳元に囁いた。

「話は聞いているわ、中佐。……実は来週、孫娘《まごむすめ》の誕生日なの。私のお葬式《そうしき》を出すわけにいかないでしょう？　よろしくお願いするわね」

「……は、はあ」

緊張をほぐす冗談のつもりだったのだろう。気の利いた返事も見つからず困惑する中佐に、大統領は苦笑いして肩を叩いてやる。


「ここがグリムロック城か。噂通りのいい城だ。今まで放置されていたのが勿体《もったい》ないな」

優雅な所作で帝室専用の馬車を降りたのがヴィステス・スラートアイン。アンケルニア帝国第一皇子にして、病床《びょうしょう》の父に代わり帝国の頂点に立つ青年である。

短く整えた金髪《きんぱつ》、まつ毛の長さが際立《きわだ》つ切れ長の目と細い顎が絶妙《ぜつみょう》に調和している。華美《かび》でありながら洗練された帝国軍の礼装に身を包んでいるのは、彼が皇子であると同時に軍に籍《せき》を置く身だからだ。単に美形なだけではない、国を治める次代の皇帝としての風格すら漂わせる青年が軍装を纏うことで、絵画や彫刻《ちょうこく》のような芸術めいた魅力まで醸し出した。

男女、あるいは国の違いも問わず見る者を惹《ひ》きつけるヴィステス。しかしさすがは淑女軍人《コマンドレディ》というべきか、メリーエは相変わらず表情を変えることなく、皇子に向かって敬礼する。

「メリーエ・アフラン連騎長《れんきちょう》です。本日、御身《おんみ》の護衛を承《うけたまわ》っております」

アルテッサにバインツが、ヴィステスにメリーエが、半歩引いて緊張でまた額の汗を拭うゴズロムが続き、正面から城内へ。すると。

「お待ち申し上げておりました。僭越《せんえつ》ながらお席までのご案内役を承ります、白銀乙女騎士団《シルバリオン・キャバルリー》所属……セレス・アンシュラス戦騎長です」

彼女は長い髪を揺らし、優雅に一礼した。

●

「えらく低いところを飛んでるな……邪魔くせえ」

「演習が始まる時にはちゃんと引《ひ》っ込《こ》むだろ。カリカリすんなって」

整列した第五七王禽騎兵《おうきんきへい》隊の先頭と二番目。空を見上げて不機嫌そうな隊長を副官が宥める。

ラゼルは警備の王禽騎兵《おうきんきへい》たちが自分の視界を飛んでいるのが気に入らないのだ。モリシュの言う通り、演習を目前にして気が立っているらしい。

中央訓練場ではいよいよ実戦演習が始まろうとしていた。両横に設けられた客席にはジュストとアンケルニアから高官や要人が集まっている。

訓練場に整列した五七と白銀はこの日のために下した真新しい制服姿。共に並ぶ大翼鳥《ガルラ》たちが纏《まと》うのは整備万全の禽具《プロテクター》。

そして彼らの間をまっすぐに貫《つらぬ》く、特別な者のみが歩くことを許されるレッドカーペット。そこに今日の主賓たる二人が姿を現すと、高官も要人も立ち上がって拍手《はくしゅ》を送る。

「敬礼ェッ！」

ラゼルが腹の底から撃ち出した号令で、五七も白銀も全員が最敬礼。その中を、手を挙げて応えながら二人の最重要人物が進んでいく。

アルテッサ・マクシスとヴィステス・スラートアイン。戦争が終わってなおいがみ合っていたジュストとアンケルニアに新たな時代を開いた人物。

自分たちもまた友好の証であると示すように時折言葉を交わしながら並んで歩く二人を、セレスは清楚《せいそ》な微笑みを浮かべながらテラスに設けられた主賓席へ先導した。二つ並んだ椅子からは湖に臨む中央訓練場がよく見える。

沢山の拍手と敬礼を受けながらアルテッサとヴィステスが着席すると、彼らの脇に油断のない表情で立つバインツとメリーエ。無事に案内役を務めあげたセレスに向かってゴズロムは労《ねぎら》うように微笑んだ。

「ご苦労だったね、アンシュラス戦騎長……さあ、部隊の列に戻りたまえ。きみにとってはここからが本番だろう？」

まだ汗が止まらないようだ。ハンカチで何度も拭いた額がテカっている。

すると緊張などまるでしていないかのように平然としたアンケルニア貴族の令嬢は、芝居がかって見えるほど優雅な所作で恰幅のいい紳士に一礼した。

「お気遣い、痛み入りますわ。……ですが、まだ戻るわけには参りません」

「はて、なにかあったかな……」

慌てて予定表を確認するゴズロム。セレスはゆっくりと懐に手を入れて。

「ええ……私にはまだ、任務がありますの」

まるでそれも作法の一つであるかのように、取り出した銃《じゅう》を構えた。

●

「アイツ、なにやってんだ……」

その光景にラゼルは唖然とし。

「セレス……ッ」

ミスラは愕然とした。そして訓練場は騒然《そうぜん》としている。

主賓席で堂々と銃を抜いたセレスは間違えようのない距離でその銃口《じゅうこう》を向け、細くしなやかな指先を引き金にかけた。

細緻《さいち》な彫刻が施された銃は凶器《きょうき》でありながら芸術品。しかし銃口から発射される弾丸は紛《まぎ》れもなく命を奪う力を持っている。

それを真っ向から向けられ……彼は。

「な、なんの冗談かね……アンシュラス戦騎長」

足元に落ちる予定表。人の良さげな顔が引きつり、何度も汗を拭いたハンカチを掴む手は震えている。

セレスが銃を向けたのはジュストの大統領でもアンケルニアの皇子でもなく、グリムロック統合王禽騎兵《おうきんきへい》学校の教頭たるゴズロム・マクヘーだった。

「どういうことだよ、こいつは」

なにか起きるとすればVIP二人だろうと思っていたラゼルには訳がわからない。バインツに視線を向けるが……中佐は大統領の楯《たて》になれるよう身構えたまま成り行きを見守っていた。

もう一人の教官が皇子の傍を離れ、音もなくゴズロムの背後に回ったからだ。

「あなたがこのハンカチを落とす。それが決行の合図だそうですね、教頭？」

メリーエは震えるゴズロムの手からハンカチを取り上げる。彼女にとってはそれが合図だったらしく、アンケルニアの兵士によって拘束《こうそく》された男たちが連れてこられた。男たちもジュスト軍やアンケルニア軍の制服を着ているが……。

「あなたの仲間は既に捕縛《ほばく》しました。忙《せわ》しない移動と配置の中で偽者《にせもの》の兵士を紛《まぎ》れ込《こ》ませた手腕《わん》は悪くありませんでしたが、少々仕事が雑になっていましたね。最上級のＶＩＰが実戦演習に現れることになって焦ったのでしょう？」

事情が呑《の》み込《こ》めてきたミスラは安堵し、呑み込めていないラゼルはまだ戸惑っている。

「ゴズロムのオッサンが……？　マジかよ」

状況を見ればそういうことだ。奥歯を噛みしめながら膝を折ったゴズロム・マクヘーこそ、この実戦演習で大統領の、あるいは皇子の命を狙っていた張本人だった。

「何故だ。どこから漏れた……」

「あなたの失策なら、今もまだ湖に沈んでおりますわ」

銃を向けたまま、セレスはしれっと言ってのける。メリーエは「言わずともよいものを」と言いたげに眉を寄せつつも。

「失敗兵器とはいえ、我が軍の所有物である『ハイドラ』の流出を看過することはできません。入手経路と協力者、背後関係まで調べさせていただきました。国境を跨《また》ぐことで肝心《かんじん》な部分を隠蔽《いんぺい》していたようですが……」

レンズの奥で目を細める。「調べさせていただいた」のはメリーエだけではない。

「うちの情報機関は優秀なんでね。極秘《ごくひ》の兵器開発計画からお隣さんの夫婦《ふうふ》関係まで、大体のことは調べられるんだ。

そうそう、昨日から国境近くに潜ませてた仲間と連絡が取れないだろ？　俺が直々に潰しといてやった。おかげで色々とわかったよ。……本物のゴズロム・マクヘーがとっくに殺されてるのもな」

美味しいところはもらった、と言わんばかりに得意顔のバインツ。この学校の教官になってから初めて軍人らしい仕事をしたのだ。心なしか生き生きして見える。

「この学校の目的はジュストとアンケルニアの友好と協調。生徒にそれをやらせようっていうなら、まずは教官が手本を見せるべきだろ？　教頭先生」

口調は軽く、しかしバインツの視線は鋭い。

「お前が本当はどこの誰なのかも、もうわかってる。……俺も兵隊稼業《かぎょう》だから同じ穴のムジナだと言われればそれまでだが、少なくとも他人様の争いを飯の種にする連中よりは上等な生き方をしてるつもりだぜ？　なあ……放火同盟《アルソニスタ》の工作員、ルドルフ・ドーソン」

この暴露《ばくろ》に訓練場全体がざわめいた。

「放火同盟《アルソニスタ》？　おいモリシュ、あれって都市伝説だったんじゃねえの？」

「俺は軍だけで通じるローカルジョークだと思ってたけど、実在したんだな……」

マジかよ、とざわめく五七。

「聞きまして？　放火同盟《アルソニスタ》ですって！」

「てっきり噂話《うわさばなし》とばかり……本物かしら？」

マジですの？　とざわめく白銀。そして……。

「むう、まさか放火同盟《アルソニスタ》とは……」

「知っているのか貴公」

「よもや放火同盟《アルソニスタ》の構成員をこの目で見られるなんて」

「ある意味、大統領閣下や皇子殿下よりレアですな」

「不謹慎《ふきんしん》だとは思うが……サイン、もらえんだろうか。あとできれば写真も」

「あっ、ズルい！　我らも一緒に！」

　客席の来賓《らいひん》も盛り上がっている。まるで有名人を目撃《もくげき》してしまった一般人《いっぱんじん》のように。主賓席の軍人淑女《コマンドレディ》はジロリと三十路の中佐を睨んだ。

「こうなるから、放火同盟《アルソニスタ》の名前を出したくなかったんですが」

「いや、ここまで食いつきがいいとは思わないだろ。みんなどんだけ秘密結社が好きなんだよ
……都市伝説って怖いな」

　実のところ、二人は最初からゴズロムことルドロフを怪しんでいた。当初、彼に主導権を譲って訓練で好き勝手させたのも尻尾《しっぽ》を摑むためだ。

　それでもバインツはジュストの、メリーエはアンケルニアの軍人だ。確証が得られるギリギリまで、互いのことすら完全には信用しなかった。万が一を想定し、全てが敵に回ることまで考えていたのである。

　そのためにこんな土壇場《どたんば》までもつれこむことになってしまったが、結果として秘密結社の目

論見は阻まれたのだからよしとすべきだろう。

だが噛みしめていた奥歯を小さく鳴らした工作員は、すぐに笑みを浮かべてみせる。

「あーあ、ったく。とんだ道化《どうけ》だなァ。これじゃあ恥《はじ》をかきに出てきたようなもンだぜェ」

それまでの腰の低い紳士っぷりはどこへやら、憎々《にくにく》しげに舌打ちし、セレスたちを睨みつけた。今までわざと縮めていた腰や肩を伸ばすと、丸々としていた腹が引っ込み、身体が一回り大きくなったようにすら見える。

「あれがオッサンの正体かよ。ほとんど別人じゃねえ？　秘密結社の工作員ってすげーな」

「フン……この程度、放火同盟《アルソニスタ》の人間にとっては児戯《じぎ》同然よォ」

銃を向けられながらもあくまでふてぶてしいルドルフ。同時に、その目は映るもの全てを妬《ねた》み、嫉《そね》むような濁りに満ちている。

「戦争ごっこしかできねェヘタレ軍人に、学校ごっこをさせられてるガキども、こんな連中に出《だ》し抜《ぬ》かれたかと思うと情けなくて泣けてくらァ」

「見苦しい真似はせず、神妙《しんみょう》になさい。そうすれば申し開きの一つくらいは許されるでしょう」

銃口でルドルフを制するセレス。気分はすっかり帝都大劇場の主演女優。だが目の前の男は、彼女らの筋書きに従うつもりなど毛頭ない。

「大した女優っぷりだよ、世間知らずのお嬢サマ。しかしなァ……世の中には『保険』って言葉があるんだぜェ？」

口元を歪めて憎々しく笑う。その時、古城の陰に潜んでいた何者かが風を巻いてルドルフの頭上へ舞《ま》い降《お》り、セレスたちを撥《は》ね退《の》けるように彼の身体を浚《さら》った。

「ガルラ⁉　一体どこから⁉」

「こんなこともあろうかと、ってなァ！」

隠密《おんみつ》用の禽具《プロテクター》を装着したまだら模様のガルラ、ルドルフはその背に跨って舞い上がる。

「オレがただのオッサンだと思うなよォ！」

ルドルフが手綱を返し、まだら模様のガルラは主賓席へ頭を向けた。だが、工作員から刺客《しかく》と化した男が襲《おそ》い掛《か》かる直前、再び風が巻き上がる。

「させるかぁっっっ！」

大地を蹴った次の瞬間に風を纏い、爆発的、あるいは暴力的な加速。人禽一体となったラゼルとデュロッサがルドルフを襲った。

「ちぃっ！」

敵もさる者。ラゼルの槍は咄嗟に回避したルドルフを逃し、デュロッサの嘴がまだら模様の翼をわずかに掠《かす》めたのみ。

だが、それで終わらない。

「逃がさないッ！」

続けてルドルフを襲うのはミスラとリーチェ。ラゼルと同時に飛び出していた白銀の隊長騎は放火同盟《アルソニスタ》の刺客が回避した先へ回《まわ》り込《こ》み、ルドルフは堪《たま》らず急上昇して逃走《とうそう》を図《はか》った。主賓席に背を向けて湖へ飛び去ろうとする刺客を二人が追う。

「つまりは、テメーが五七のハーネスに悪さをしやがったってことだな、オッサン！」

「リーチェの禽房《ストール》にガラス片を撒いたのも、あなただったのね……放火同盟《アルソニスタ》だかなんだか知らないけど、私たちのガルラに手を出そうだなんて」

「タダで帰れると思うんじゃねえぜ！」

「絶対に逃がさないッ！」

許すまじ。空とガルラを愛する二人の王禽騎兵《おうきんきへい》は競うようにルドルフを追う。まだら模様のガルラと比べればデュロッサとリーチェの方がずっと速い。普通に飛んでいれば逃がしはしないはず。……だというのに、最短コースを奪《うば》い合《あ》って互いの翼がぶつかった。

「どけっ、邪魔だ！　あのオッサンは俺がやる！」

「アンタこそ邪魔！　私のリーチェを傷つけようとした報いを受けさせてやるんだから！」

互いに譲らないせいでなかなか速度が上がらない。地上で見上げるモリシュは頭を抱えた。

「あの二人……こんな時まで」

やがてミスラがラゼルを突《つ》き放《はな》し、緋色のガルラがまだら模様のガルラを追い詰める。だがルドルフは焦りもせず、むしろ不愉快そうだ。

「クソガキどもが、お遊びのつもりかァ？　ったく、なにが意地だ、なにが決着だ。お前らみたいのを見てると『虫唾《むしず》が走る』って言葉の意味がよくわかんだよォ！」

「ああそう。なら、そのクソガキに墜とされてせいぜい反省することね！」

一気に距離を詰めるミスラ。そしていよいよ衝撃槍《インパクトランス》を繰り出そうとしたその時……頭上に新たな影がかかった。

「ッ⁉」

「そうやってすぐ調子に乗るから、クソガキなんだろうがァ！」

ほくそ笑むルドルフ。ミスラの頭上に現れたのは、警備のために上空を飛んでいたはずの王《おう》禽騎《きんき》兵《へい》隊だ。

（コイツらも仲間⁉　マズい！）

頭上から三騎《さんき》。こちらは完全に無防備。いくらリーチェでも回避が間に合わない。

（……やられるッ！）

思わず歯を食いしばる。だが次の瞬間、ミスラの頭上に炎と熱の花が咲いた。

「っ！」

妖精誘導弾《フェアリーミサイル》だ。飛来した二発がそれぞれ直撃して一騎ずつを叩き墜とし、そして。

「くたばれぇっ！」

最後の一騎も、突撃してきたラゼルの衝撃槍《インパクトランス》に衝かれて吹《ふ》き飛《と》ぶ。

一瞬にして三騎。鮮やかに仕留めたラゼル・ブランは愛騎デュロッサの翼を翻し、頭上からミスラを見下ろした。

「貸しにはしねぇよ。俺が先に飛び出してたら、立場が逆になってただろうからな。こいつは偶然《ぐうぜん》ってやつだ。そうだろ？」

「随分と謙虚《けんきょ》じゃない。……借りだなんて思わないわよ。だって偶然で、偶々《たまたま》で、ちょっとアンタに運があっただけだもの。心配しなくても、実戦演習では全力で潰してあげるわ」

そういうことでしょ？　と涼しい顔をしているが、内心では悔しい。偶然だろうと偶々だろうと、ラゼルに助けられたという事実は変わらない。

（見てなさいよ……）

感謝なんてしない、借りだなんて思わない。人としてどうかと思うけれど、相手がラゼルなら話は別。宿敵に対する礼儀は、常に最大限の実力行使だ。

「これであとはオッサン一人だ。いくら逃げようとも……」

「誰が逃げるっつったよォ！　クソガキどもがァ！」

声はすぐ近くから。二人のすぐ脇をすり抜けたまだら模様のガルラ。ラゼルとミスラが僅かに動きを止めた隙を衝き、Uターンしたルドルフは一気に加速していた。ガルラの嘴が向いたのは再び主賓席だ。ラゼルとミスラも咄嗟に追う。

「ンの……フザケやがって！」

「お前はいくらか見どころがありそうだったけどなァ、ラ、ラゼルくんよォ。所詮《しょせん》ガキはガキ。大人をナメんなってことだァ！」

　逃げると見せかけながら自分を囮《おとり》にして伏兵《ふくへい》の前にラゼルたちを引きずり出し、さらにその伏兵を囮にして再び本命となった自分が主賓席へ襲いかかる。ルドルフはさらに加速し、湖の上空から主賓席へ向けて突《つ》き進《すす》んだ。

　地に足をつけた人間がその突進を防ぐことは不可能である。バインツとメリーエ、そして両国の兵士たちが咄嗟に大統領と皇子を庇った。そして彼女は。

「そんなこと……この私が許しませんわ！」

　手にした銃を空に向けるも、話にならないことは明白。それでもやらずにいられないのがセレスという少女の意地。

　ここで大統領と皇子が倒れれば二〇年越しの友好と協調はご破算。それどころか、そこから広がる動揺と混乱の波紋が再び戦火を呼ぶだろう。

　今日の友となりかけた昨日の敵が、未来永劫《えいごう》の敵となるのである。

（たとえ、相手が平民の国であろうとも……っ！）

　セレスはジュストが嫌いだ。だが、せずともよい戦争の始まりなど誰が望むものか。不埒者の陰謀《いんぼう》が引き金となって戦争が起きたとなれば、それは帝国史に残る汚点《おてん》。誇り高きアンケルニア貴族として許すわけにはいかない。

「もらったァ！」

主賓席を射程に収め、わずかに速度を落としながら鞍の後ろに四つ並んだ発射管を開くルドルフ。それと同時にミスラが叫んだ。

「させない！　一番から四番、発射されたミサイルをインターセプトッ！　絶対に！」

ルドルフの動きを正確に見極めたミスラによって発射された四発の妖精誘導弾《フェアリーミサイル》は、ルドルフが放った直後のミサイルに見事命中する。だがその瞬間、放火同盟《アルソニスタ》の刺客はニヤリと笑った。

「そうくると思ったぜェ、優秀なお嬢様は読み易《やす》いなァ！」

四つの黒い爆発。ルドルフが放った妖精誘導弾《フェアリーミサイル》は炸薬の代わりに特殊《とくしゅ》な薬品から生成された黒い妖精たち。それらがミスラの妖精と共に爆発し、大きな煙を発生させた。

「煙幕⁉」

ミスラたちとルドルフの間に広がった煙幕。これではまともに突っ込むことも残ったミサイルで狙うこともできない。それでルドルフが稼《かせ》ぐ時間などほんの数秒だが、ガルラの空中戦には十分すぎる。

「そぉら、ジュストもアンケルニアもこれで大炎上だァ！」

主賓席を眼前に捉えたルドルフが狂喜《きょうき》に目を剥いた、その時。

「よう、オッサン」

真横に三白眼。

黒煙《こくえん》よりなお黒いガルラと、その背に跨る王禽騎兵《おうきんきへい》。煙幕を突き抜け、犬歯を剝いてニタァと笑うその顔に比例して、ルドルフの顔が歪んだ。グンニャリと。

「なん、だと……ッ⁉」

ミスラが妖精誘導弾《フェアリーミサイル》を撃った瞬間、ラゼルの勘《かん》が働いた。なにかある。そして同時に本能が叫んだ。なにがあるかはわからないが突っ込め、と。

ラゼルとデュロッサ、この呆れるほど攻撃的な主従は本能に従うことを躊躇わない。

「忘れたのか？　デュロッサは煙なんざ怖《こわ》かねえんだよ！」

目の前に広がった煙幕へ突撃したラゼルとデュロッサ。規格外の闘争本能を乗せた翼がルドルフを捉えた。

「でぇぇえりやっっ！」

デュロッサごと体を叩きつけ、薙《な》ぎ払《はら》うようにして放った衝撃波がまだら模様のガルラを弾《はじ》く。だが瞬時に手綱を返したルドルフによってタイミングが僅かにずれた。

「……浅いかッ！」

「ナメんなってんだよォッ！」

速度は落ちたが、墜とすには足りない。まだら模様のガルラはなおも空中から主賓席を狙う。

デュロッサの姿勢を立て直してもう一度仕掛けるには……間に合わない。

だが、それならば。

「仕方ねえ……そいつはくれてやる！」

雷光の一撃を受けたルドルフが再び主賓席へ槍を向けた瞬間、視界に舞《ま》い散《ち》る粉雪。それが緋色の翼に浮かんだ美しい模様だと気づく間もなく、放火同盟《アルソニスタ》の刺客はガルラと共に地上へと叩き墜とされた。

癪《しゃく》だが、気分は悪くない。いいところにいてくれたのだから。

「……もらっておいてあげる。お返しは期待しないでね」

皇子に迫った不埒者を撃墜し、悠々と翼を翻したリーチェ。その背に跨るミスラは不敵な笑みでラゼルに応えた。地上では兵士たちがまだら模様のガルラに群がり、墜落の衝撃でふらつくルドルフを取《と》り押《お》さえる。

ラゼルが煙幕に突っ込んだ瞬間、彼女は煙幕を避けるためにつけた角度を利用して彼の仕掛ける一歩先へと回り込んでいた。ラゼルなら必ずルドルフを捉えるとわかっていたから。

結果、捉えられた獲物に逃れることを許さない完璧な連携機動《コンビネーションマニューバ》が完成したのである。

先ほどまで言い争っていたとは思えないほど鮮やかな二人の連携に、人々はしばし言葉を失った。それは、主賓席で銃を手にしたままのセレスでさえも。

(なんて、美しい……)

高度に洗練された戦技は妙技《みょうぎ》へと昇華《しょうか》して美しさを纏う。だが驚くべきことは、それがラゼルとミスラによってなされたことだ。

今の連携はまるで一〇年来の戦友同士の呼吸。超一流の王禽騎兵《おうきんきへい》がこれまで槍を交わしてきた濃密な時間。それがなさしめた妙技はもはや連携というより融合。示し合わせる必要すらなく、二人の槍が一つとなった瞬間である。

ラゼルとミスラは主賓席の前へ悠々と着陸する。まるで最初からそこが定位置であるかのように、互いの愛騎を並べて。

（見せつけてくれますわね……）

誰より近くで見せられたセレスは高揚《こうよう》するより却って冷静になっていた。そして冷静に事態を見ている者がもう一人。

「だが……この状況、どうする」

モリシュだ。確かにルドルフの目論見は崩れた。しかし、他の仲間たちと同じように捕縛された彼は笑みすら浮かべている。

「もう手遅《ておく》れだ、クソガキどもォ」

負《ま》け惜《お》しみのようだが、違う。

紛れ込んだ偽者の兵士を未然に捕縛したまではよかった。だが第二の策として用意されていたルドルフたち王禽騎兵《おうきんきへい》による襲撃《しゅうげき》は実行されてしまったのだ。「未然の阻止《そし》」と「実行したうえでの失敗」では訳が違う。

「こんな状況で、誰が演習なんざやらせるかよォ。残念だが、お前らの決着はお預けだァ。……もう火は点《つ》いたんだぜェ。こっから、ジワジワ燃え広がっていくんだよォ」

訓練場は再びざわめきに包まれている。目の前で不埒者が主賓席に迫るのを見せつけられたのだ。動揺、困惑、怒号めいた声。とても演習が行えるような雰囲気ではなかった。

大統領と第一皇子が出席したこの実戦演習は国家的なイベントだと言っていい。それが不埒者の襲撃によって中止になれば大問題だ。両国の関係に悪影響は免れない。

(既に事件は起きてしまった。放火同盟《アルソニスタ》の狙いは達成されたことになるのか……)

歯噛《はが》みするモリシュ。静まらない客席。このまま演習は中止かと思われたその時。

「座興でありますッ！　閣下！」

轟《とどろ》く大音声《だいおんじょう》。聞く者すべての鼓膜に叩きつけ、訓練場に響かせる。

その声の主に誰もが注目した。来賓も、五七と白銀の隊員たちも、警備の兵士たちも、捕縛されたルドルフやその一味も、セレスも、バインツも、メリーエも。

そして……ミスラは自分のすぐ隣に空を感じた。雄大《ゆうだい》な空を。

(ラゼル……)

彼は空を愛し、ガルラを愛する王禽騎兵《おうきんきへい》。時に馬鹿馬鹿しく、時に荒々《あらあら》しく、だが誰よりも自由で強い。空のように、風のように。

その男、ラゼル・ブランに全ての視線が集まる。当然、主賓席から見下ろす二人のＶＩＰの視線もだ。大統領アルテッサは椅子から僅かに身を乗り出した。

「あなたは……」

「第五七王禽騎《おうきんき》兵《へい》隊、隊長。ラゼル・ブラン少尉であります」

「そう、あなたが……。で、今あなたは座興だと言ったかしら？　少尉」

　老婦人は興味を惹かれたようにその目を見開き、ラゼルを見つめている。その視線に応える三白眼もまた、覇気《はき》に満ちて爛々と。

「申し上げました、閣下。……ただ今ご覧いただきましたパフォーマンスは全て、我が第五七王禽騎《おうきんき》兵《へい》隊と白銀乙女騎士団《シルバリオン・キャバルリー》が日頃《ひごろ》からいかに協力し、いかに協調し、このグリムロック王禽《おうきん》騎《き》兵《へい》学校という素晴らしき学び舎でいかに切磋琢磨しているかをご覧いただくべく、隣にいるミスラ・フィントクルム戦騎長と語らって計画したものであります！」

（なんですって⁉）

　いきなり自分の名前を出されたミスラは思わず叫びたくなるのを堪えた。

「あら、そちらのお嬢さんと語らって？」

「はい、うっかり恋に落ちそうなほど仲良く語らいました！　今や我らは長年の戦友も同然であります！　なにより、たった今ご覧にいれた連携《コンビネーション》がその証！」

（なに言ってんの！　なにほざいてんの！　落ちるわけないでしょ、恋なんか！　あの連携《コンビネーション》だってほとんど偶然……いや、確かに自分でも驚くほどしっくり来てたけど！）

　調子がいいにもほどがある。

　アルテッサは孫を見るかのように優しく微笑むと、隣に座るヴィステスに軽く目配せ。それを受け取った皇子は大統領と同じように身を乗り出し、脂汗タラタラのミスラに訊ねた。

「ブラン少尉の言葉は事実か？　フィントクルム戦騎長」

「はっ、え、あ、あの、その……」

皇子に問われ、動揺するミスラは堪らず視線でラゼルに助けを求めたが……。

（上手く話を合わせろ。できるだろ、このくらい！）

帰ってきたのはバチコーンと音が出そうなほど無骨で不器用なウインク。無責任極まりないアイコンタクトに、ミスラは動揺も緊張も忘れて怒鳴り返した……アイコンタクトで。

（なに考えてんのよ、バカじゃないの⁉　アンタ、ホントに状況わかってんでしょうね！）

（いいから乗れ、乗ってこい！　こういうのは勢いが大事なんだよ！）

（勝手に巻き込んどいてなにが乗れよ！　……後で覚えてなさい！）

今の二人に言葉なんていらない。色気も風情もないけれど。

腹を括ったミスラはラゼルと同じように胸を張り、美貌《びぼう》の第一皇子に向かって答えた。

「はい、ヴィステス殿下。わ、私たちの間には揺るぎない信頼と友情があり、白銀と五七は互いに尊敬し合う級友にして戦友です。ですので、えーと……本日これより実戦演習でご覧いただく真剣勝負の前に、私たちがいかに優れたパートナーたりえているかをご覧いただきたく、このような座興を発案いたしました！　殿下におかれましてはさぞ驚かれ、ご不興を招いたこととは存じますが、その……えっと……」

苦しい、いかにミスラといえど苦しい。だがこういう時に助《たす》け舟《ぶね》を出すのも「優れたパートナー」の役目だ。ラゼルが再び大声を張り上げる。

「ジュスト流に申し上げれば、これはサプライズ演出でありますッ！」

「そ、そう！　サプライズです！　何卒《なにとぞ》、寛大《かんだい》なる御心《おこころ》にてご笑覧《しょうらん》いただきますよう！」

二人して最敬礼。それまでざわめいていた客席の来賓たちは、誰もが唖然として二人の若者に見入っている。主賓席で小さく含《ふく》み笑《わら》いした大統領がゆっくりと椅子から立ち上がった。

「サプライズは私も大好きよ。……かなりスリリングだったけど、座興ということなら取り立てて騒ぐこともないわね。いかがかしら、殿下」

自分たちを見ている全ての者に聞こえるよう響かせた柔和な声。聡明《そうめい》な皇子はその意図を即座に察し、自分も椅子を立つ。

「仰る通りかと、大統領。こうした趣向《しゅこう》、私も嫌いではない。……ブラン少尉、フィントクルム戦騎長、そしてアンシュラス戦騎長」

たおやかな微笑みを向けられたのは三人の若者。自分もその「座興」の一部に入れられたセレスは皇子に名を呼ばれたことに驚き、息を呑む。

「よいものを見せてもらった。実戦演習での諸君らの活躍にも、期待させてもらおう」

朗々と響き渡ったそれを合図に巻き起こる拍手喝采《はくしゅかっさい》。それはラゼルとミスラの力任せの機転に二人の傑物が応えた結果。

アルテッサとヴィステスなら「事実」を作り出すことができる。二人が「なにもなかった」と言えば、そのようになるのだ。

捕縛されたルドルフは愕然とするしかなかった。

「なんだとォ……あ、あのガキども、なんでこんな時ばかりィ……っ」

グリムロックスの開校以来、ラゼルとミスラのことは観察してきた。「人を見る目には自信がある」というのは嘘ではない。反目しながらも理解し合う部分はあると分析していたのだ。

それでも自分の企《くわだ》てを阻止するほどのものではないと思った。なりゆきで共闘することこそあれど、結託《けったく》するなど絶対にありえないと思っていたのに……。

すると、ルドルフを捕縛したメリーエはいつになく機嫌よく。

「あなたの目は節穴だったようですね」

珍しいほどの笑みを浮かべた。バインツはそれを横目で見ながら、内心でため息をつく。

（よく言うぜ。このオッサンの目論見を炙《あぶ》り出《だ》すために大統領と皇子を呼んだのは誰だよ）

メリーエの企みに乗ったものの、危ない橋を渡《わた》らされたものだ。だから彼女の笑顔も。

（怖ぇ怖ぇ。『友好と協調』もほどほどにしといた方がいいかもな……美人だけど）

ネバーエンディング・ケンカファイト

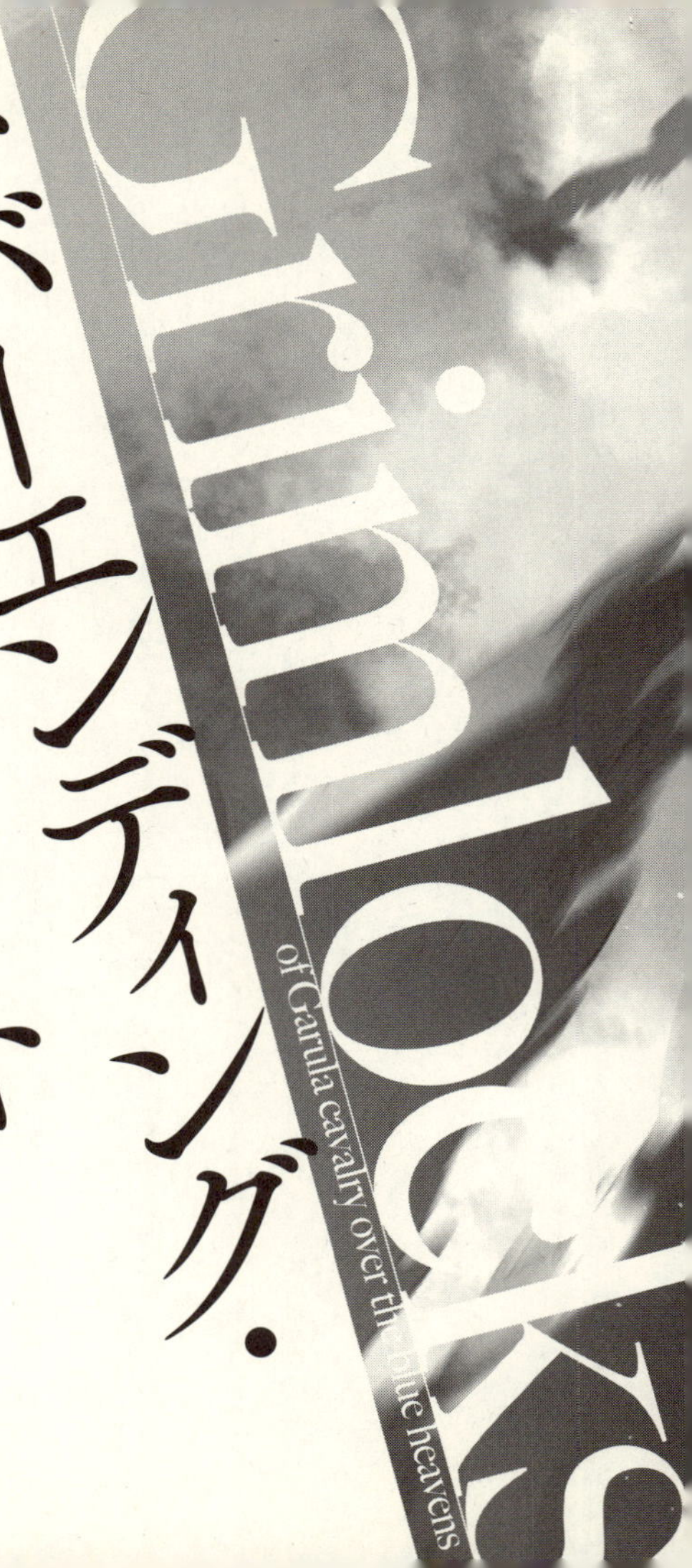

学び舎の鐘は始まりを告げる鐘。

グリムロック統合王禽騎兵《おうきんきへい》学校。大空に広がる学びの庭で互いの意地を示す実戦演習、その始まりだ。

『白銀《シロガネ》全騎、離陸完了。隊長、お願いします』

『みんな聞こえてるわね？　事前に話した通り、乱戦で孤立しないように注意。相手と仲間の位置を見極めつつ、できるだけ数的有利を確保しながら戦うこと。いい？』

『了解！』

中央訓練場から離陸した五七《ゴーナナ》と白銀は左右に分かれ、定められた開始位置で翼を翻す。

『敵騎、確認。間もなく射程に入ります！』

『了解……全騎、以後は発砲《はつぽう》を許可するわ。私たちの実力、存分に見せつけてあげなさい！』

ミスラの檄《げき》に隊員たちが応える。だが結縮水銀《メルキユロツク》を震わせて飛び交う仲間たちの声は彼女の耳に届いていなかった。

(やりましたわ。私にしか……誇りと歴史のあるアンシュラス家の娘にしかできない大仕事を果たしたのです！)

舞い上がっている。セレス・アンシュラスはこの上なく舞い上がっている。

放火同盟《アルソニスタ》の悪事を暴き、メリーエと共にヴィステスを守る。歴史ある家柄の娘として身に着けた、皇子の前へ出るのに申し分ないだけの作法と行儀。そしてミスラを追い詰めるほどの気概と度胸を備えたセレスだからこそ、とメリーエが見込《みこ》んだ大役を果たしてみせたのだ。

だが、今の彼女にとってはそれよりも大事なことがある。

（殿下が……ヴィステス皇子殿下が私の、アンシュラスの名を口になさった！）

ラゼルとミスラがぶち上げた茶番に大統領アルテッサと共に乗った第一皇子ヴィステス。彼が口にした「アンシュラス戦騎長」というただ一言が彼女を有頂天《うちょうてん》にしていた。

（嗚呼、お祖父様になんとお知らせしようかしら。セレスはやりました！　ようやく、アンシュラス家がかつての栄華を取り戻す第一歩を記したのですわ！）

大袈裟《おおげさ》と笑うなかれ。皇子が公式の場で口にしたことは全て秘書官によって記録され、人の名前ならそれがどこの誰で、どんな内容の言葉を与えられたのかまできっちりと残るのだ。

下級貴族の娘であるミスラや、こともあろうにジュストの一般市民であるラゼルと同列というのはいただけないけれど、セレスにとってそんなことは些事《さじ》。今はただ、自分が大きな仕事をやり遂《と》げた満足感で胸がいっぱいだった。

……あまりに胸がいっぱいで、少々油断していたことは否《いな》めない。

『セレス様、来ますッ！』

「……え？」

仲間の警告で気づいた時には、目の前まで衝撃槍《インパクトランス》が迫っていた。

「どぅぅえっっ⁉」

思わず飛び出す、あまりにも貴族らしからぬ声。

「なんっ、のぉぉぉぉぉっっ！」

咄嗟に手綱を返して回避して、ひっくり返りそうになるところをなんとか踏《ふ》ん張《ば》った。アンシュラス家期待の令嬢は根性の人である。

気づけば五七と白銀の戦端《せんたん》は開かれていた。そして彼女に襲いかかってきたのは……。

「……あの子」

小柄だ。乗り手もガルラも他と比べて小さい。セレスの視線に気づいたのだろう、ハルはわざわざゴーグルを上げてニヤリと笑い、交信器《インカム》をチョイチョイと指した。セレスがムッとしながら共振帯《チャンネル》を合わせると、五七の妹分が挨拶する。

『皇子に注目されたいんでしょ？　お高くとまった帝国女の●●●にあたしの槍をブチ込んであげるから、皇子の前で振ってみせれば？』

「あなた……ッ」

挑発に乗ったセレスは目を吊り上げてハルを追った。一度はミスラさえ追い詰めた速度だが、ハルはそれを上回る機動性で素早く躱し、視界から逃れる。そして次に現れたのは。

「……速いだけで動きが単純すぎ。バーカ」

後ろだった。交信器《インカム》も必要ないほど近く。無様に背中を見せた獲物を背後から衝く。

「きゃあああっっっ!?」

衝撃波に弾き飛ばされ、あっけなく落水するアンシュラス家のお嬢様。仮面《バイザー》を取ったセレスはこれ見よがしに旋回するハルを水面から睨み上げた。

「くぅっ……まあ、仕方ありませんわ。今回のところは負けを認めて差し上げます」

あくまで偉そうに、あくまで上から目線で。セレスという少女は良くも悪くも徹底《てってい》している。

実戦演習での活躍は逃したけれど、皇子の記憶に残る働きをしただけでも十分。

……しかし、この言い方がハルの癇に障った。

「ホントにムカつく……。こんにゃろ」

水面近くでホバリングして、浮かんでいるセレスの頭をガルラの脚でつつく。

「痛っ！　ちょっ、やめなさいっ……このっ、やめなさいってば！」

「うっさい。しなびたジジイの×××を喉に詰まらせて死ね、帝国産腐れビ●チ」

「なっ、なんですって！　痛たたっ……もうっ、いいかげんに……きぃぃっっ」

なおもペシペシと小突《こづ》き回《まわ》すハル。セレスは金切り声を上げて振り払おうとするが、一方的に弄ばれるだけだ。

「いいザマだね。このまま魚の餌にしてやろうかな」

『それはやりすぎ。お姉ちゃんがお仕置きしちゃうわよ？』

「っ⁉」

突然、交信器《インカム》に割《わ》り込《こ》んできた声。ハルは瞬時に手綱を引いて振り返ったが……。

ハルはガルラと共に宙を舞う。

疾風の如く襲いかかった緋色の翼。気づいた時には既に遅く、衝撃槍《インパクトランス》の一撃をくらったハルはガルラと共に宙を舞う。

『遅いッ!』

「あ―――……あーあ」

やられる時までぼんやりと。小柄なガルラは回転しながら飛んでいき、小石が落ちるように落水した。くるくるくるくる……ぽちゃっ。

ハルを一蹴《いっしゅう》した王禽騎兵《おうきんきへい》はそのまま飛び去る。後には水面から見上げるセレスが残るだけ。

「……まったく、憎《にく》らしい」

それはハルと、一陣《いちじん》の風のように駆《か》け抜《ぬ》けていった彼女に向けて。

●

五七と白銀の乱戦はなかなか形勢が定まらないまま、互いに一騎、二騎とほぼ同じタイミングで数を減らしていた。個々人のみならず、部隊全体の実力が拮抗《きっこう》している証拠である。

そうなると、どちらも数的有利を握ることができないまま乱戦が続く。そんな中で、彼は彼女を、彼女は彼を探していた。

無事だろうか、誰かに墜とされてはいないだろうか……。その心配は、杞憂《きゆう》だったようだ。

飛び回る仲間から少し離れて、モリシュは彼女を見つけた。

「あれは……」

彼女もまたモリシュに気づき、二人はどちらからともなく共振帯《チャンネル》を合わせる。

「ラーシュクラン兵士長……いえ、マリーさんですね？」

『はい、ドゥパー曹長……いえ、モリシュさん』

あの時に似ている。初めて一緒に飛んだ訓練。協力せよという命令を無視して激しくぶつかり合う仲間たちを後目に、隊長に苦労させられる副官同士の共感が互いを引き寄せた。

そして今、またも激しくぶつかり合う仲間たちから少し離れて、二人は遭遇する。

湖畔に広がる常緑樹の森。目と目が合った二人はゴーグルを上げ、仮面《バイザー》を取り。

「マリーさん！」

『モリシュさん！』

引き寄せ合うように飛ぶ二頭のガルラ。そして、互いの表情がわかるほどの距離で。

「でぇやっっっ！」

『せぇぇぇいっっ！』

互いに繰り出し合った槍と槍。衝撃波が激突し、すぐさま二騎は離れる。迸《ほとばし》るのは闘志、交わす視線が熱い。

「よかった、マリーさんが誰かに墜とされる前に会えて！」

『わたしもです。モリシュさんならそう簡単にやられないだろうと思っていましたけど』

素早くターンして再び交錯。衝撃波が奏《かな》でる炸裂音よりなお高く、二人の声は弾んでいる。

「前回は『協力しろ』という命令だったから、そうしました。けど……っ」

『今回は『戦え』という命令ですものね。そして、ミスラ様も仰いました。わたしたちの実力を存分に見せつけなさい、と』

「ラゼルも言いましたよ。全力で戦え、って。……俺たちは兵士です。『戦え』と命じられたからには！」

『戦いましょう、それがわたしたちの任務なら！』

声を弾ませ、胸を躍らせ、二人は鋭い弧を描きながら飛び回る。隙あらば相手の死角に回り込もうと狙っているが、互いにそれを許さない。この緊張感をマリーと共有していることが、モリシュには堪らなく嬉しく、楽しい。

（くぅ……いつまでもこの勝負が終わらなければいいのに！　時間よ止まれ！）

思わず顔がにやけてくる。……その一瞬が命取り。時間は決して止まらない。

『そこですね♪』

「え？　のわっっ⁉」

ほんの一瞬の隙を彼女は見逃さなかった。いつもの愛らしい笑顔のまま繰り出した衝撃槍《インパクトランス》がモリシュに命中すると、真剣勝負の最中に隙を見せた童貞野郎は湖の畔《ほとり》に生える大きな木に突っ込んだ。

「参りました……せっかくの一騎打ちだったのに。あーあ、恥ずかしい」

「ふふふ。モリシュさんのそういうところ、素敵《すてき》だと思いますよ」

ガルラもろとも大きな木の枝に引っかかり、降参とばかりに手を挙げるモリシュ。マリーは彼の目の前でゆっくりとホバリングしながら微笑む。

「こんなに楽しく勝負できる方は初めてです。……また、お相手してくださいね」

そのウインクが可愛いものだから、根がお人好しのモリシュは胸の高鳴りを抑えられない。

（誑《たぶら》かされてるなあ……俺）

白銀に負けたくない、モリシュだって思っている。でもこんな馴れ合いなら大歓迎《だいかんげい》だ。もしこれが全て社交辞令でも色仕掛け《ハニートラップ》でも構わない。いつまでもこの温かな空気に浸っていたい。

「では、わたしそろそろミスラ様のお手伝いに――」

『そいつは、させるわけにいかねえなぁ！』

和やかな空気に割り込む無粋な声。

「ッ！」

マリーは咄嗟に槍を構えて迎え撃とうとしたが、猛然《もうぜん》と迫る漆黒のガルラに反応が遅れた。

その遅れは、致命的だ。

「あ……ああっっ!?」

「マリーさんッ！」

弾き飛ばされたマリーは奇《く》しくもモリシュと同じ木に突っ込む。モリシュと彼のガルラは後から落ちてきたマリーの下敷《したじ》きになってしまったけれど……彼女に怪我がなければそれでいい。

「だ、大丈夫ですか？　マリーさん」

「はい……ありがとう、ございます」

図らずも密着することとなった二人は互いに頬を染め……。

『ケッ、せいぜいそこでイチャついてろ、バーカ！』

次の獲物を求めて飛び去るあいつはやっぱり、空気を読まない。

●

「競《せ》り合《あ》っているようねえ」

年代物のオペラグラスを覗きながら、大統領アルテッサは楽しげに笑っている。孫までいる歳でありながらほころぶ表情は少女にも似て、しかし戦況《せんきょう》を見る目は確かだ。

「このままだと、どちらも優位な状況は作れそうにないわね。殿下はどのようにご覧になるのかしら？　……同じ王禽騎兵《おうきんきへい》として、滾るものをお感じ？」

細めた目からチラリと向けられた視線。主賓席で隣に座るヴィステスは「ふっ」と笑いながら肩を竦めた。

「私と彼らでは比べ物になりませんが……さすが、統合王禽騎兵学校《グリムロックス》の生徒に選ばれるだけのことはある。それに同じ王禽騎《おうきんき》兵《へい》ということなら、閣下もでは？」

「やあねえ、三〇年も前の話よ。あの頃とは時代が違うのだから。でも……」

　オペラグラス越しに、彼女の視線は捉えている。二つの部隊が繰り広げる乱戦の要。互いに入り乱れているように見えても、確かに存在する戦況の中心。

「最も強い王禽騎《おうきんき》兵《へい》が最も優れた指揮官だというのは……昔も今も変わらないのね」

　翼に刻んだ雷光の如く空を裂《さ》いて飛ぶ、漆黒のガルラ。

　粉雪を翼に宿して風のように舞う、緋色のガルラ。

　二騎の王禽騎《おうきんき》兵《へい》は縦横無《じゅうおうむ》尽《じん》に飛び回りながら、相手に数的有利を譲らないように戦いの流れをコントロールしていた。仲間と共に敵騎を追い込み、あるいは不利になった仲間を助け、墜とされた仲間に代わって敵騎を墜とす。

　戦局を見極め、仲間と相手の力量を的確に判断する目。割り込むべき場所を察知する嗅覚。そしてなにより、誰と戦っても遅れを取らない戦闘力。

　全てを備えて飛ぶ二人が、ラゼル・ブランとミスラ・フィントクルムが、この戦いの中心。

　アルテッサもヴィステスも、その傍で直立不動を貫くバインツとメリーエも、そして客席に居並ぶ全ての人々の視線までも、いつしか二人に集まっていた。

紛れもなく、五七と白銀それぞれの最強。人々の視線を集めながら熱すら伴って輝く。これこそ群を抜く実力と存在感。まさに抜群《ばつぐん》である。

まだ二人は直接ぶつかっていない。どちらも仲間たちの中を飛びながら自分の部隊を勝利に導こうとしている。それでいて地上からは五七と白銀の繰り広げる空中戦がラゼルとミスラの戦いに見えているのだから、隊長としての器量も拮抗していると言えるだろう。

だが戦況は常に動いている。一騎、また一騎と脱落していく隊員たち。一〇対一〇が八対八に、五対五に、三対三に、二対二に……そして。

『悪《わり》ぃ、隊長。ここまでだ。……後は任せた！』

『隊長、申し訳ありません。後は……お願いします！』

五七と白銀、最後の仲間が同時に脱落する。

遂に、一対一。残ったのは隊長同士。

「やれやれ、結局俺らが残っちまったか……」

「残るべくして残った、ということにしておいてあげるわよ」

空を見上げる観客たちの中から湧き起こる拍手と喝采を聞きながら、二人は互いの姿をその目に捉える。

ラゼルは一つ息を吐くと、激しい戦いで曇った無骨なゴーグルを頭から毟《むし》り取《と》った。

「もういらねーな。邪魔なだけだ」

それを見て、ミスラも仮面《バイザー》を取った。ラゼルに対する礼儀？　そんなわけがない。着けていたのでは不利になるからだ。

「一瞬でも見逃したら、やられる……」

邪魔な防具を取り去って最大の視界を確保した二人。手綱を握りしめ、衝撃槍《インパクトランス》を構え直し、相棒の呼吸を計る。

「……行くぞ、デュロッサ」

あの時の続き。願い続けた勝負を今こそ。

漲る闘志と高めた覇気を腹の底の錬金釜にぶちこんで、生成するのは極上の闘争心。

人間《ラゼル》と王禽《デュロッサ》のそれを一つに束ね、全ての限界を超越《ちょうえつ》した人禽一体をなす。

ただ一つ、目の前の宿敵に勝つために。

「……せあッ！」

ホバリングから気合一閃《いっせん》、ラゼルとミスラが飛び出すのは同時。一騎打ちの始まりは、真っ向でぶつかり合う衝撃波によって告げられた。

「ちぃっ……やっぱり、馬鹿正直に打ち合うんじゃダメか！」

『わかってるじゃないの、馬鹿のくせに！』

主導権を奪おうと湖の上を飛び交う。既に脱落した隊員たちも二人の戦いを見守っていた。

『いいこと教えてあげるわ。私、ミサイルの残りはゼロよ』

「そうかよ、じゃあいつもみたいに俺の目を切れねえな」

だが、そんなことで自分が有利になるなんてラゼルも思っていないし、ミスラだってそれで負けるとは思っていない。

（大演習の頃のアイツとは違う。こないだの逆撃《カウンター》、あれがあるかぎりは……）

今まで使っていた必殺機動《フィニッシュマニューバ》のパターンに持ち込まなくてもミスラは勝てる。彼女は既にあの逆撃《カウンター》をものにしているのだ。

『正面から来るなら相手になってあげるわよ？　それとも私の後ろを取ってみる？』

「悪くねえな！　テメーのデカいケツを引っ叩《ぱた》いてやるよ！」

吼えて、ラゼルは急上昇。残しておいた妖精誘導弾《フェアリーミサイル》の発射管を開く。

『デ、デカッ……大きくないわよ！　普通なんだからッ！』

気にしていることを言われたミスラが叫び返す間に、ラゼルは目標の刷り込みを終える。手綱に組み込まれた引き金を引き、凶悪な妖精《フェアリー》を解放した。

「そう言うなよ。俺はデカいケツが好みなんだ！」

発射された妖精誘導弾《フェアリーミサイル》は二発。白銀の使うものと比べて一回り以上大きく、速度はあるものの追尾能力では大きく劣る。ミスラは高度を下げて妖精《フェアリー》を誘った。

ラゼルもミサイルを追うように急降下。

（ミサイルを囮にして後ろを取るつもり？　でも……ッ）

　ミスラは湖の水面近くまでミサイルを引きつけ、直角に近い角度で回避。彼女を追って飛来した妖精誘導弾《フェアリーミサイル》はそのまま水中へ飛び込んでしまった。

『残念でした。やっぱりジュストのミサイルは鈍《にぶ》いわね！』

　距離を開けて後方から迫るラゼルのプレッシャーを感じつつ、水面を飛ぶ。

『これで私の後ろを取った、とは言わないわよね？　もっと詰めてこないと』

　挑発に交えて切り返しのタイミングを計ろうとしたミスラ。その視界の隅で何かが光る。

　水面？　いや、水中で。見覚えのある錬金生命体《ホムンクルス》の光が。

『まさか、さっきのミサイル？』

　水中に落ちても追ってくるとは大したもの。だが、こうして気づいてしまえば回避することは難しくない。

『上手く刷り込んだみたいね。でも、結局は無駄撃ち――』

　言いかけたミスラが気づいて、息を呑む。

　水中を進む妖精誘導弾《フェアリーミサイル》がミスラとリーチェを追い越《おこ》していったのだ。彼女ではない、その先にある標的に向かって。

「最初《ハナ》っからテメーなんざ狙ってねえよ！」

『ッ!?』

　犬歯を剝いたラゼルが吼えるのと、湖に巨大な水柱が上がるのは同時だった。ラゼルの狙い通り、水中でなにかに命中したミサイルが起こした爆発だ。

そして、水柱の中から現れたものを見て再びミスラは息を呑む。

『ハイドラ……ッ!?』

ラゼルがミサイルを撃《う》ち込《こ》んだのは自分が湖に沈めたアンケルニアの巨大錬金兵器。大きな胴体と五本の首を持つハイドラが、ミサイルの爆発によって水面へ飛び出した。

「鈍いミサイルでも、動かない的なら外しゃしねえってな！」

『この……やってくれるじゃないの、馬鹿のくせに！』

叫び返しつつも必死だ。飛び出したハイドラの巨体は水面近くを飛んでいたミスラにとって真正面に現れた壁。眼前に迫る激突を回避するため、身体ごと大きくよじって手綱を引く。

リーチェもまた、愛する主人を守るために全力を振り絞った。緋色の翼を広げ、体を竦ませて急激な減速。さらに首を上へ伸ばし、水面に聳《そび》えるハイドラのスレスレを垂直に急上昇した。

『リーチェ！　くぅぅぅっっ！』

水しぶきを浴び、身体にかかる慣性と重力に耐えながら、なんとか激突を回避する。再びゆっくりと沈んでいくハイドラを後目に体勢を戻すが……そんな隙をラゼルが逃すはずはない。

「腰が浮いてんぞ、ミスラッ！」

一度減速したガルラはすぐに回避行動をとれない。ラゼルは頭上へ回り込み、姿勢を戻しながら上昇してくるミスラに狙いを定めた。そのまま急降下し、突撃をかける。

普通の王禽騎兵《おうきんきへい》ならなす術もなく叩き墜とされるところ……しかしミスラは白銀乙女騎士団《シルバリオン・キャバルリー》を率いる隊長にしてエースだ。

『この程度で、私が……ッ！』

手綱を引き絞り、向かってくるデュロッサにリーチェの頭を向ける。それを見下ろしながら突撃するラゼルは歓喜に震えた。

「この程度で、テメーを……」

人禽一体となったミスラとリーチェの意地がその翼に風を呼び、一際《ひときわ》強い羽ばたきと共に宿敵を迎え撃つべく飛ぶ。互いを狙って空を駆ける二人が、吼える。

『やられるわけないでしょうがっっっ！』

「やれるわけねえよなぁぁぁっっっ！」

意地と意地、渾身と渾身の突撃だ。見守る誰もが、勝負の決する瞬間を予想した。

だが何人かは知っている。これがミスラに有利な状況であると。マリーと共に見守るモリシュは、握った手の中に汗が滲むのを感じた。

（ミスラ隊長には逆撃《カウンター》がある。ラゼルはハイドラでミスラ隊長の動きを止めて、そのまま仕留めたかったはずだ。迎え撃つ体勢に入られたら……）

互いにまっすぐ突撃しながら、ミスラが逆撃《カウンター》を狙っているのは明白。

まともに突っ込めば逆撃《カウンター》の餌食《えじき》。だが逆撃《カウンター》を警戒して迂闊に速度をゆるめればミスラはその隙を逃さない。逆撃《カウンター》というカードを手にした彼女が主導権を握っているのだ。

（分が悪い、分が悪いぞ……ラゼル！）

だが、モリシュはそれで「ラゼルの負け」だとは思わなかった。

あの馬鹿がなにを考えているのか、もしかするとなにも考えていないのか、そんなことはわからない。だが、予感がする。期待させるものがある。

なにしろあの馬鹿は、第五七王禽騎《おうきんき》兵《へい》隊最強の馬鹿なのである。

その馬鹿は今……歯を剝いて笑っていた。

「行くぞ、来るぞ、行くぞ、来るぞ……デュロッサ！」

互いに突撃、ぐんぐん迫る。脳内で大量に分泌《ぶんぴつ》されるアドレナリン。感覚が研ぎ澄まされ、時間が引《ひ》き伸《の》ばされ、一秒が何倍にも長く感じる。その時間の中でラゼルは笑った。

逆撃《カウンター》という新たな必殺機動《フイニッシユマニユーバ》を手に入れたミスラの懐は死地そのもの。飛び込むだけで死を意味する。勿論、逃げようとしても死だ。

そんな場所に突っ込もうというのに、不思議と笑いがこみ上げた。それは人禽一体となったデュロッサも同じ。果てしない高揚に目を血走らせている。

ガルラは感覚の鋭い生き物。目の前に迫る死地に恐怖を感じれば、生存のための、そして主人を守るための本能が働く。

だが、ラゼルとデュロッサは違う、まったく違う。それを誰より感じているのは、少しも速度を落とさない彼らを迎え撃つべく自らも突撃するミスラだ。

（ゆるめるつもりはなさそうね。でも……これなら逆撃《カウンター》が取れる！）

彼らが死地を前に臆《おく》することなどないと、彼女は知っている。だがどんなに速くともタイミングさえ合わせれば……。

（いける……ッ！）

引き伸ばされた時間の中、互いの表情までわかるほどの距離に迫る。ミスラが強く槍を握った。デュロッサがあと体《からだひと》一つ分《ぶんふ》踏み込《こ》めば、逆撃《カウンター》の間合いだ。

だが……その時。

「デュロッサァッッッ！」

ラゼルの咆哮《ほうこう》にデュロッサの甲高い鳴き声が重なる。

次の瞬間、デュロッサは体《からだふた》二つ分《ぶん》踏み込んできた。

「そんなッ！」

驚愕《きょうがく》の声を聞くのに交信器《インカム》は必要ない。既にラゼルはミスラの懐へ踏み込んでいたからだ。

彼女が逆撃《カウンター》を取るのに最適な距離とタイミングを丸ごとすっ飛ばして。

（あのタイミングで……加速した⁉）

信じられなかった。だが、それ以外に説明できない。

ラゼルとデュロッサは、あの闘争本能の塊のような主従は、死地を前に加速したのである。

普通に突っ込んでもダメ、速度をゆるめてもダメ、だから……加速したのだ。

(頭が悪いにもほどがある……けど!)

正解だ。タイミングを外されたミスラは逆撃《カウンター》を打てない。それどころか、ラゼルとデュロッサに槍が届く距離にまで踏み込まれてしまった。

「もらったぁあああああっっっ!」

不意を衝かれたミスラの僅かな遅れ。そこへ勝利を捻じ込まんと繰り出されるラゼルの槍。

「負けるもんですかぁぁぁっっっ!」

まともに防ぐことはできない。ミスラは身体を捻《ひね》って槍を返し、ラゼルが突き出す平らな先端に自分の槍の腹を叩きつけた。

湖に響き渡る鈍い炸裂音。互いに必殺を期した交錯の末、二騎の王禽騎兵《おうきんきへい》は大きく弾かれて宙を舞う。

客席の来賓も、隊員たちも思わずどよめく。だがラゼルもミスラも、デュロッサもリーチェも、湖に落ちる寸前で体勢を立て直して再び飛び上がった。

「まだまだぁっっ!」

「この、くらいでぇっっ!」

なおも激しく打ち合い、飛び交い、ぶつかり合う。……そのたびに。

「奥《おく》の手《て》を破られてもうネタ切れだろ? とっとと降参しろ、許してやるから!」

「たった一回上手くいっただけで調子乗ってんじゃないわよ！　なんならもう一度試してみる？　今度は叩き墜としてやるから！」

ラゼルの軽口が不思議なほど癇に障る。彼の一言が、一挙手一投足が、ミスラの心を摑んで離さない。残念ながら、まったくロマンチックではない意味で。

「そっちこそ、そろそろ息切れしてるんじゃないの？　ラゼルの飛び方は馬鹿だから、デュロッサも疲れるでしょ。同情するわ！」

「勝手に同情すんな！　つーか飛び方が馬鹿ってどういう意味だ。テメー、俺が聞き流してやってるからって馬鹿言いすぎなんだよ！」

小馬鹿《こばか》にするミスラの表情が、仕草が、言葉の全てがラゼルをその気にさせる。残念ながら、少しも色気のない意味で。

頭に来る、面倒くさい、疲れる。……だが、楽しい。なんの気兼《きが》ねもなく、遠慮もなく、なんだって言える。いつだって全力でぶつかれる。

敵だから、宿敵だから。こんなにも気分がいい。

そんな二人のケンカじみた空中戦は、地上から見ていると鮮やかで、鋭くて、美しい。再び湧《わ》き上《あ》がる歓声《かんせい》と拍手、もはやどちらの国もない。その場にいる全員が二人の若き王禽騎兵《おうきんきへい》を称賛《しょうさん》している。

「……こんなこと、今までなかった」

主賓席のアルテッサがつぶやいたのを、皇子と二人の教官が聞いた。

「大演習の時はジュストもアンケルニアも相手に勝ちたいばかりで、互いを称《たた》えることなんてできなかった。やっぱりあれは、命を獲り合わないだけの疑似戦争だったんだわ」

「だからこそ彼らは素晴らしい。互いに宿敵と認めながら、こうも人々を惹きつける勝負ができる。……グリムロックス、間違いではなかったのでしょう」

平静を装《よそお》っているが、ヴィステスも興奮を隠しきれない。ラゼルとミスラの全力は見る者を惹きつけ、それが王禽騎兵《おうきんきへい》なら血を滾らせる。

「ジュストとアンケルニアの新しい時代。この学校から、始めることができるのかもしれないわね。……それにしても」

微笑むアルテッサの耳には届いている。

「馬鹿って言いすぎ？　あら、これでも遠慮してあげてるのよ？　本当ならあと三馬鹿くらい追加してあげてもいいんだけど、いくら事実でもそれじゃ可哀想だと思って」

「三馬鹿ってなんだ三馬鹿って、単位にしてんじゃねえよ！　クソッ、口の減らねえ女だ！　叩き墜として反省させてやらぁっ！」

「墜とされるのはアンタの方だって、何回言えばわかるのよ！　その頭をいい感じの角度で地面にぶつければ少しは馬鹿が治るんじゃないの!?」

「上等だ、やれるもんならやってみやがれぇッ！」

交信器《インカム》を使わなくても地上まで聞こえてくる二人の怒号。

「……あの子たち、仲がいいのかしら、悪いのかしら」

それは誰にも……おそらく本人たちにも答えられない問い。しかし新しい時代を誰よりも満《まん》喫《きつ》するかのように二人はケンカする。

昨日の敵は今日も敵。……でも、明日はわからない。

あとがき

生まれが違《ちが》えば育ちも違《ちが》う。顔を合わせれば張り合い、いがみ合い、傍《はた》から見ると「こいつら馬鹿《ばか》なのかな?」と思えるほど下らない理由でケンカする。

それを「カップル」と呼んでいいのかどうか、正直なところ僕自身《ぼくじしん》も迷いますが、ラゼル・ブランとミスラ・フィントクルムは確かにカップルとしてデザインされた主人公とヒロインであります。

生まれも育ちも違《ちが》うし、顔を合わせれば張り合い、いがみ合い、傍《はた》から見ると「あ、やっぱこいつら馬鹿《ばか》なんだな」と思えるほど下らない理由でケンカばかりしていますが、それでもこの二人を繋《つな》いでいる共通項《こう》がある。

他者には理解しがたいレベルまで到達《とうたつ》した稀有《けう》な素養を共通項《こう》として持つからこそ、その部分で通じ合った時には無敵のカップルになる……と思うのです。

そういう馬鹿馬鹿《ばかばか》しくも可愛《かわい》げのあるカップルを描《えが》くことを目標にして書き上げたのがこの「グリムロックス」であり、激しくも殺伐《さつばつ》とさせない、爽《さわ》やかな青春を描《えが》きたかった……のですが、どうだろう。僕《ぼく》の「青春」に対するイメージがどのくらい読者諸氏と共有できるものか、このあとがきを書いている今はドキドキしております。

あとはやっぱり……ガルラかなあ。僕《ぼく》はドラゴンっぽいものが大好きなので、初期段階でラゼルたちが乗るのはワイバーン的なものを構想していたんですが、担当氏の提案でもう少し幅《はば》を広げてアイデアを練った結果、この逞《たくま》しくもプリチーな禽類《きんるい》に乗せることにしました。するとまあ、書いてるうちに愛着が湧《わ》くわ湧《わ》くわ。最初は「ひたすら恰好《かっこう》よく！」「お前らは生きてる戦闘機《せんとうき》だ。鳥だけどマッスィーンなのだ！」とか思っていたのに、イメージを膨《ふく》らませているうちに「オンとオフのギャップ、よくね？」「ふわふわの翼《つばさ》！　こいつはドラゴンにはない！」「……あれ？　これ架空《かくう》の生き物なの？　いやいや、探せばいるでしょ、どっかに」などと、自分の空想に自分でハマりこんですっかりガルラが可愛《かわい》くなってしまった。

作中における「ガルラ馬鹿《ばか》」どもの愛情表現は大体全て僕《ぼく》のガルラに対する愛着の表れだと思っていただいて間違《まちが》いありません。……飼いたいなあ、ガルラ。百歩譲《ゆず》って駝鳥《だちょう》か。でも飛ばないからな、あの鳥。

日本国内で会いに行けるレベルの大きくてふわふわした鳥の情報、お待ちしております。飛べればなおよし。

さて、このあたりで謝辞など述べさせていただきたく。

今回イラストを担当していただいた美和野《みわの》らぐ様、それぞれのキャラクターを上手《うま》く特徴《とくちょう》づけしていただき、特にカバーイラストが上がってきた時には「よし！」とテンションを上げさせていただきました、ありがとうございます。

ともすればつい殺伐《さつばつ》としそうな設定や構成に的確なアドバイスをいただいた担当様、おかげ様で僕《ぼく》なりの「青春」を表現することができました。

そして、この本を世に送り出すために力を貸してくださった全ての皆様《みなさま》と、この本を手に取ってくださった全ての皆様《みなさま》に、至上の感謝を申し述べます。

願わくは、またこうしてお目にかかれますことを。

"live on my dream, live on my soul" エドワード・スミス

◉エドワード・スミス著作リスト

「マーシアン・ウォースクール」（電撃文庫）
「マーシアン・ウォースクール２」（同）
「竜は神代の導標となるか」（同）
「竜は神代の導標となるか２」（同）
「竜は神代の導標となるか３」（同）
「竜は神代の導標となるか４」（同）
「暗極の星に道を問え」（同）
「お前（ら）ホントに異世界好きだよな～彼の幼馴染は自称メインヒロイン～」（同）
「蒼穹の騎兵グリムロックス～昨日の敵は今日も敵～」（同）
「侵略教師星人ユーマ」（メディアワークス文庫）
「侵略教師星人ユーマⅡ」（同）
「紳堂助教授の帝都怪異考」（同）
「紳堂助教授の帝都怪異考二　才媛篇」（同）
「紳堂助教授の帝都怪異考三　狐猫篇」（同）

本書に対するご意見、ご感想をお寄せください。

電撃文庫公式ホームページ 読者アンケートフォーム
http://dengekibunko.jp/
※メニューの「読者アンケート」よりお進みください。

ファンレターあて先
〒102-8584　東京都千代田区富士見1-8-19
電撃文庫編集部
「エドワード・スミス先生」係
「美和野らぐ先生」係

本書は書き下ろしです。

電撃文庫

蒼穹《そうきゅう》の騎兵《きへい》グリムロックス
～昨日《きのう》の敵《てき》は今日《きょう》も敵《てき》～

エドワード・スミス

2018年6月9日　初版発行

発行者　郡司 聡
発行　株式会社KADOKAWA
〒102-8177　東京都千代田区富士見2-13-3
0570-06-4008（ナビダイヤル）
装丁者　荻窪裕司（META＋MANIERA）
印刷　株式会社暁印刷
製本　株式会社ビルディング・ブックセンター

カスタマーサポート（アスキー・メディアワークス ブランド）
［電話］0570-06-4008（土日祝日を除く11時～13時、14時～17時）
［WEB］https://www.kadokawa.co.jp/（「お問い合わせ」へお進みください）
※製造不良品につきましては上記窓口にて承ります。
※記述・収録内容を超えるご質問にはお答えできない場合があります。
※サポートは日本国内に限らせていただきます。
※定価はカバーに表示してあります。

ISBN978-4-04-893827-3　C0193　Printed in Japan

電撃文庫　http://dengekibunko.jp/

電撃文庫創刊に際して

文庫は、我が国にとどまらず、世界の書籍の流れのなかで〝小さな巨人〟としての地位を築いてきた。古今東西の名著を、廉価で手に入りやすい形で提供してきたからこそ、人は文庫を自分の師として、また青春の想い出として、語りついできたのである。

その源を、文化的にはドイツのレクラム文庫に求めるにせよ、規模の上でイギリスのペンギンブックスに求めるにせよ、いま文庫は知識人の層の多様化に従って、ますますその意義を大きくしていると言ってよい。

文庫出版の意味するものは、激動の現代のみならず将来にわたって、大きくなることはあっても、小さくなることはないだろう。

「電撃文庫」は、そのように多様化した対象に応え、歴史に耐えうる作品を収録するのはもちろん、新しい世紀を迎えるにあたって、既成の枠をこえる新鮮で強烈なアイ・オープナーたりたい。

その特異さ故に、この存在は、かつて文庫がはじめて出版世界に登場したときと、同じ戸惑いを読書人に与えるかもしれない。

しかし、〈Changing Times,Changing Publishing〉時代は変わって、出版も変わる。時を重ねるなかで、精神の糧として、心の一隅を占めるものとして、次なる文化の担い手の若者たちに確かな評価を得られると信じて、ここに「電撃文庫」を出版する。

1993年6月10日
角川歴彦

電撃文庫DIGEST　6月の新刊

発売日2018年6月9日

新約 とある魔術の禁書目録⑳ 【著】鎌池和馬　【イラスト】はいむらきよたか	全世界を血で染める決戦が始まった。学園都市統括理事長VSイギリス清教。アレイスターに同行する上条は、大悪魔コロンゾン打倒のため、敵地ロンドンの戦渦に身を投じ……!
ソードアート・オンライン オルタナティブ ガンゲイル・オンラインⅦ —フォース・スクワッド・ジャム〈上〉— 【著】時雨沢恵一【イラスト】黒星紅白【原案・監修】川原 礫	『結婚を前提に、香蓮さんとお付き合いがしたいと思っております』香蓮父のもとに届いた一通のメール。ついに開催される第4回SJの銃撃戦の裏側で、香蓮の人生をかけたもう1つの戦いが幕を開ける!
はたらく魔王さま!SP 【著】和ヶ原聡司　【イラスト】029	マグロナルドが改装で休業の間、長野にある千穂の父親の実家で、農作業を手伝うことになった魔王城の三人。恵美や鈴乃もやってきて、畑仕事以外にもトラブルが勃発!? 文庫5巻と6巻の間を描いた特別編!
ネトゲの嫁は女の子じゃないと思った? Lv.17 【著】聴猫芝居　【イラスト】Hisasi	瀬川茜が最も怖れるもの、それは——オタバレ。あれ? シューちゃんがゲームするのなんかみんな知ってるよ? とは言えない残念美少女・アコたちは、彼女のリア充大作戦に協力することに……!?
ガーリー・エアフォースⅨ 【著】夏海公司　【イラスト】遠坂あさぎ	ベトナムでの多国籍連合会議に向かうグリペン達。謎の消失事件解決のため、かつて死闘を繰り広げたロシアのアニマ、ジュラーヴリク達と共同作戦を取るが、呉越同舟がすんなりいくはずもなく!?
賭博師は祈らない④ 【著】周藤 蓮　【イラスト】ニリツ	リーラという守るべき大切なものを得たが故に、ラザルスの賭博師としての冷徹さには確実に鈍りが生じていた。裏社会や警察組織にも目を付けられつつ、毎日を凌いでいたラザルスだったが……。
恋してるひまがあるならガチャ回せ!2 【著】杉井 光　【イラスト】橘 由宇	孤高の廃課金・遠野とお嬢様系廃課金・紗雪は美少女コスプレイヤーから「モバイルゲーム研究会」への勧誘を受ける。沖縄への合宿というらしくないリア充イベントで明かされる美少女レイヤーの秘密とは!?
新作 **モンスターになった俺がクラスメイトの女騎士を剥くVR** 【著】水瀬葉月　【イラスト】藤ます	プレイヤーがモンスターになって、NPCの服を脱がせる。そんなB級萌えエロ路線のVRネトゲをやっていたら、別のネトゲ世界と混ざってリアル女性プレイヤー(クッ殺系女騎士)が現れたのさ。……もちろん剥くよね?
新作 **勇者サマは13歳!** 【著】阿智太郎　【イラスト】はちろく	大陸の平和を守る勇者は弱冠13歳で——!?　最強だけど純情すぎる少年勇者・タオンと彼に恋する歳上女性冒険者たちが巻き起こすちょっとエッチな異世界冒険譚!
新作 **蒼穹の騎兵グリムロックス ～昨日の敵は今日も敵～** 【著】エドワード・スミス　【イラスト】美和野らぐ	大翼鳥に乗って戦う"王禽騎兵"が戦場の花形とされる時代。風よりも速く、竜よりも力強く、蒼空を舞う少年と少女がいた——。爽快なるスカイ・ファンタジー!
新作 **地球最後のゾンビ -NIGHT WITH THE LIVING DEAD-** 【著】鳩見すた　【イラスト】つくぐ	「死ぬまでにやりたい10のこと」を達成しつつ北の大地へ。一緒に旅したのは、笑顔が似合うゾンビだった——。これは終末の世界を舞台にした夜の旅路の物語。

お前(ら)ホントに異《い》世《せ》界《かい》好きだよな
Omae(ra) hontoni isekai sukidayona
～彼の幼馴染は自称メインヒロイン～
エドワード・スミス
illustration / ERIMO
異世界なんて、現実にあるわけないだろ。フィクションだよ、フィクション。
そう信じていた現実主義者の俺が、異世界を渡り歩くことになろうとは……。
異世界の魅力が詰まったドタバタ・ファンタジー、開幕!!
電撃文庫

最高の二次元嫁とつきあう方法
How to go steady with the most valuable 2D bride.
やっぱり二次元が最高だろ。
というか、俺には二次元しかないんだ!
illustration 竹花ノート
芦屋六月
Rokutsuki Ashiya
二次元が好きと言いつつ三次元の彼女がいたり、「○○は俺の嫁!」と言いながらシーズンごとに嫁が替わるような雑魚とは違う。俺は本気で二次元を愛しているんだ!
電撃文庫